「ある程度(?)の魔法の才能」で
今度こそ異世界で
スローライフをおくります
2
比古 新
illust.ゆーにっと

「シロちゃんの背中は素晴らしいですね！
まるで自分自身が風になった気分です！」

ミリア
レインの母親
レイン
プラウドロード
男爵家長男

「わっは～！　こんなうまい水、
あたし初めて飲んだぞ！」
ホラン
ブリヤート族
族長の娘

「……こ、こんなことが……」
セルジ
ブリヤート族
族長の息子

「俺が勝てば次の族長は俺。
負ければ出て行く。
それでいいじゃねえか……。
なあ、セルジよおお――!!」
バートル
ブリヤート族
騎兵隊の隊長

「来い！バートル——!!」

エリー
レインの妹
「エリーの大切な……、
大切……、お友達……」

「ある程度(?)の魔法の才能」で

今度こそ異世界で スローライフを おくります

2

比古 新

illust.ゆーにっと

contents

序章 オーロラスライム編

第一話 初めて見たスライムは、何か思ってたのと違う

ザバァ！

「ぷはぁっ！　あ〜、気ん持ちいい！　いや〜、森林浴をしつつ、湖水浴を楽しむってのも、なかなか乙なもんだよな〜」

木漏れ日がキラキラと差し込むような、透明度の高い水の中でひとしきり泳いだ後、俺は水面から勢いよく顔を出した。

俺ことレインフォード・プラウドロードは、今現在、我がプラウドロード男爵家が管理する白銀の森の中にある湖のど真ん中にいた。

少し補足すると、この湖は元々この場所にあったものではなく、俺が幾度も魔法の実験を進めていく中で、ちょっと魔法制御を誤った爆裂的ハプニングによってできたものなのだ。

そして今日は、世界一……いや、宇宙一かわいい我が妹のエリーことエリザベートやうちで飼っている犬のシロ（ほんとは神獣フェンリルとか何とかいう種族らしいが）とともに、この湖の畔にお散歩を兼ねた、ちょっとした気晴らしに来ていたのだ。

けど、そろそろ暑くなってきたこの季節、こんなに広くて綺麗な湖を前にして何も行動しない、なんていう選択肢はあり得ないよね？

　てなことで、ササッと服を脱いでパンイチになった俺は、十歳の子供らしく（中身はおっさん？　それは言わないお約束）、目の前の清き水の中にダイブした次第なのだ。

「よし、もうひと泳ぎ……って、あれ？　何だこれ？」

　その時、再び湖の中に潜ろうとした俺の額に何かが触れた。

　綺麗な丸い形で手の平サイズのそれを、俺は手に取って確かめてみる。

「これは、木製の皿、か？　何でこんな場所に……？」

　次の瞬間、俺はハッとして後ろを振り返った。

　するとどうだ、そこには他に数枚の木製の皿や古くなって着なくなったのであろう衣類などが、ぷかぷかと湖面を漂っていた。

　さらに目を凝らし湖底を見てみると、なんと机や椅子などの家具類までもが沈んでいるではないか……！

（おいおい……、一体誰だよこんな場所にゴミを捨てるのは？　これ前世の日本なら、間違いなく廃棄物処理法違反か何かだろう……？）

　無残に投棄されたゴミを見てしまった俺は、そのまま泳ぎ続ける気分じゃなくなってしまい、湖畔に佇むエリーの下へと進路を変更した。

　湖の中から戻って来る俺の姿が見えたのか、元気一杯でこちらに向かって手を振るかわいいエリーの姿を見た俺は、少しだけ元気を取り戻した。

　ちなみに、うちのシロは大きな木の陰で爆睡中である。

　お腹を上にして情けない姿勢で転がり、警戒心のかけらも見受けられないその姿につい笑ってしまい、また少し心が穏やかになった。

　まあ、森の中とはいえ、これだけぽかぽか陽気なら仕方ないか。

　けど、いざという時はお前が心底頼りになるってこと、俺は知ってるぜ？　シロ。

　少し間を置き、水飛沫を立てながら湖から上がった俺を、エリーが笑顔で迎えてくれた。

「おにたま、お帰りなさいませ。お水の中は気持ちよかったですか？」

「うん？　うん……、まあ、最初の方は、ね。エリーも足元だけでもお水に入ったらよかったのに。冷たい水はとても気持ちいいよ？」

　奥の方にはちょっとゴミが浮いてたけど……とは言えず、俺は少々お茶を濁す。

「そうですか。でもおにたま、せっかくの機会ですが、エリーは遠慮しておきます。水浴び用の服もないですし、それに……」

「それに……？」

　少し困ったような顔をしたエリーの方を見ながら、俺は身体の中で練り込んだ火の魔力と風の魔力とを右の人差し指に集中させて『合成』し、頭から脚に向かって、適度な熱風が吹くように調整した。

　そう、俺が魔法で創り出した風は、ずばり、前世のドライヤーだ。

しっかり身体を乾かしとかないと風邪引いちゃうし、ゆるふわ母譲りのこの銀髪、個人的にはすごく気に入ってるんでね！

「エリー、『それに』ってことは他に何かあるってことかい？」

ふぁさふぁさと髪の毛を乾かしつつ、俺は再びエリーに尋ねた。

（ちょこっとゴミが浮いたりしてるの、エリーも知ってたのかな？）

そんなことを考えていた俺だったが、エリーから返ってきたのは、実に意外な答えだった。

「だっておにたま、このお池にはスライムたんがたくさんいるますよ？」

んん？　んん？

何だって？　ゴミの話じゃなく……スライム？　スライムって言ったのか？　エリー。

「えっと……、スライムっていうと……」

俺は顎に右手を当てて上を向き、頭の中でもわもわと想像を膨らませる。

スライムといやあ、某大人気ＲＰＧで有名な、玉ねぎの形をした青やオレンジ、時にはよだれが出そうなメタル色をしたあれ……か？

「いや……、どうかな？　エリー、水の中にはスライムさんなんていなかったような気がするけど……？」

あんな色とりどりのキューティ玉ねぎさんだ。水中にいたならば、さすがに見落とすことはないと思うのだが……。

「でもおにたま。今おにたまの下着に、スライムたんが挟まっているますよ？」

「え、下着……？」

俺は唐突なエリーのご指摘に、ふと自分の下半身に目をやった。すると……。

驚くべきことに、なんと俺のかわいいパンツの上部から、不定形かつ半透明のムニョムニョした物体がはみ出しているではないか……！

「げげっ⁉　な、何だこれ⁉」

こ、これは断じて俺のかわいいパンツの中身ではないぞ⁉

俺のかわいい俺はこんな不気味な姿形ではないし、今は小さく儚げな存在だとしても、将来はきっと立派に成長して……って、何の話だ。

俺は恐る恐る、パンツの中から顔？　を出していたそのムニョムニョを右手で掴み、ヌルリと持ち上げてジッと確認してみた。

「これがスライム……なのか？」

こ、こりゃまた何というか……。

クラゲ……というには形があまりに雑すぎる感じがするし、小学生の頃、理科の資料集で見たアメーバー……にしては、ちょっとでかすぎるような……。

（けど、すげぇな……。色はめちゃくちゃ綺麗だわ……）

エリーがスライムと呼んだそれは、半透明とはいえかなり透明度が高く、その色は淡い赤、青、黄、緑などを基調としたオーロラ色で、さらにムニョムニョの中には、時折光を反射してキラキラと輝く星形やハート型にも似た小さな物体が浮遊しているのが確認できた。

「綺麗だなぁ……」

それが、初めて見たこの世界のスライムに対する俺の印象だった。

……ところで、何かさっきからスライムを持っている手が、若干ピリピリする気がするんだが……？　コイツ静電気でも出してんのか？

「おにたま、おにたま。スライムたんは、何でも溶かしてもぐもぐしてしまうふていけいの魔獣だと、おかたまが言ってましたよ。おにたまのおてて大丈夫ですか？」

「ま、魔獣……？　溶かす……？　ぴゃあ～⁉　このピリピリ感……、てっ、手が溶けてるの⁉ひぇ～～‼」

ブン！　ブン‼　ベシャッ‼

俺は、溶かしてもぐもぐという恐怖のフレーズに、全身に鳥肌を立てながら悲鳴を上げ、右手のスライムを思い切り目の前の地面に投げ捨てた。

「おてて痛くないですか、おにたま？」

「ふぅ～ふぅ～、び、びびった……。だ、大丈夫、大丈夫さ。ごめんよエリー、お兄ちゃんちょっと取り乱しちゃったよ」

俺は額に噴き出した冷や汗を左手で拭いつつ、ムニョムニョスライムを掴んでいた右手を確認したが、若干ヌルヌルするだけで、別にどうということはなさそうだ。

もし骨とか変な血管とかがこんにちはしてたら、マジでどうしようかと思ったぜ……。

「よかったです。実は最初エリーも足だけお水に入ろうとしたですが、シロちゃんがエリーの背中のところを咥えて止めてくれたの。ありがとうね、シロちゃん！」

「フワァ～っ……。スースー……」

　爆睡中のシロは、エリーの声にチラリと片目だけ開くと、大きな欠伸をして再び眠りについた。

（お、おいおいシロ……。お前もしかしてゴミやスライムが浮いてたりしたこと知ってたんじゃないだろうな……？　だったらエリーだけじゃなく、俺も止めてくれよ……。下手すると、大事な大事なパンツの中身が溶けるとこだったじゃんかよ……）

　俺はエリーに気付かれないよう、スッとパンツのゴムを伸ばし、小さな俺の無事を確認して安堵すると、再び地面に放置したままのムニョムニョを確認する。

「あと、エリーといつも仲良くしてくれる小さなお友達たちも、入っちゃだめだって言ってくれたですよ。ここはスライムたんの落とし物がいっぱい浮いているからって」

　ん……？　小さなお友達？　落とし物？

　誰だそれ。どこを見てもエリーとシロ以外は見当たらんし、誰も落とし物をしたりしていないのだが……。

　あっ、もしかすると、一人っ子とかの小さな子供がよく想像する、イマジナリーフレンドってやつか……？

　俺がよく一人で出かけるから、エリーったら寂しい思いをしているのかも……？　これは気をつけねばな……。

「……いやあ、しかしびっくりしたよ……。こっちのスライムってこんな形してたんだ。まったく知らなかったなぁ」

「こっち？　おにたま、こっちのスライムとはどういう意味ですか？」

「え⁉　あ⁉　いや、いやいや‼　そうじゃなくって、えっと……、コッチ……コッチコッチに硬いスライムだなぁ……、ってそう言ったんだよ……？」

「こちこち？　エリーにはこのスライムさんはむにむにに見えますが……」

「そっ！　そう……だよね⁉　あは……あははは‼　そうそう、よく考えたらムニョムニョだね！　お兄ちゃん間違っちゃった！　てへ‼」

ふぅ～……、危ない危ない……。

スライムにびびって、つい変なことを口走っちまったわ。

相手が幼いエリーでよかったというところか……。

これがエルフのリアや、ましてやあの性格の悪いエルだったなら、絶対変に勘繰られるところだったぜ。……くわばらくわばら。

「……にしても、このスライムはどっから湧いて出たんだ？　他にもまだいるのかなぁ」

「うーん、それはエリーにもわからないです。おかたまからは、もぐもぐの話のほかは、お水があるところにスライムたんはよくいると教えていただいたので」

エリーは顎に人差し指を当て、首を傾げた。

ふふふ、どんな仕草をしても、エリーはかわええなぁ……。

「そっか、水辺になぁ。でも何でも溶かして食べるってのも、ちょっと眉唾な話だよな……？

そうだエリー、ちょっと実験してみようか！」

「実験……ですか？」

エリーは首を傾げたまま俺の顔を見る。

「そうそう。でも難しく考えなくてもいいよ！　お兄ちゃんとエリーでスライムさんにご飯をあげてみようってことさ！　エリーは葉っぱとか小さな木の実とかがあれば探してきてくれる？　僕は石とかおっきな枯れ枝とかを探すからさ」

「落とし物の方のスライムたんでも、お腹いっぱいになりますか？」

「あぁ！　そりゃもう、お腹いっぱいいっぱいの満腹丸、登場！　で大喜びさ！」

「わぁ！　すぐに拾ってきます‼」

途端にエリーの表情がぱぁっと明るくなる。

どうやらスライムがお腹いっぱいになるということがとても嬉しいらしい。

うんうん……。お兄ちゃんとしては、既にお前のその純粋さだけでお腹いっぱいだよ！

いつまでもその気持ち、忘れないようにしてくれよな！

「ふー、けっこう集まったな。頑張ったねエリー。ありがとう」

「はい、おにたま！　きっとスライムたん、お腹いっぱいになりますですね！」

エリーは目をキラキラさせながら、鼻をフンスとならしている。

そんなエリーとともに、俺はスライムの特性を調査すべく、地面の上でムニっと広がったままのスライムに対し、集めてきた枯葉や木の枝、さらには小石などを上からパラパラと落としてみた。

すると不思議なことに、落としたものが徐々に徐々にスライムの体……？　の中に沈み込んでいくではないか。

「「おお！（わぁ！）」」

ちょっと不思議なその光景に、俺はエリーと同時に声を上げた。

年甲斐もなく、というのは言いっこなしだぜ？

しばらくの間、俺はジッと半透明のスライムの中に放り込んだ枯葉とにらめっこしていた。

最初はエリーも一緒になってそれを見ていたが、しばらくすると飽きてきたのかそこから離れ、ふわふわと飛んでいる蝶について歩いたり、湖の小魚を眺めたりしていた。

その後、時間にして十五分程度経過した頃だろうか。

スライムの中に放り込んだ枯葉などに微妙な変化が起こり始めた。

「むむむむ……おぉ？　葉っぱや木の枝、小石までが……」

そう、スライムの中に落とし込んだ物体が、ゆっくりとではあるがその原型を失い始めた……、つまり溶解し始めたのだ！

「見てくれよエリー！　すごいぞ、溶けてきてる！　おーい、エリー……って、あれ？」

「スー……、スー……」

「……なんだ、寝ちゃったのか。ふふふ、モフモフシロ布団の上で気持ちよさそうに」

エリーは、丸くなって眠るシロに包み込まれるようにすやすやと寝息を立てていた。

俺は持参していたブランケットをそっとエリーの上に掛けながら、ふと考えを巡らせる。

（スライムかぁ……、不思議なやつだなぁ。でも何でも溶かすって話が本当なら、コイツをうちの領内で何かしら有効活用はできないか……？）

「しかし、シロを飼った時はともかく、いきなり父にスライムを養殖してみたいで〜す！　と申し出ても、おそらくいい顔はしないだろう。要は話の持っていき方だよな。ふむ……」

俺は、某有名な一休みが好きな小坊主さんの如く、頭に指を当てて考えてみる。

ポク、ポク、ポク……という木魚の音が聞こえるようだ。

俺はゆっくりと地面に座ると、座禅を組む真似をしてあぐらをかく。

座禅は無理、脚が痛いからね、身体固いし。

（ふーむ、何でも溶かすムニョムニョの活用方法……。逆に考えると、喫緊の解決が必要な問題は何かないかな……）

俺はそのままクルリと回転し、今度は頭のてっぺんを軸にして逆立ちしてみる。

（何でも溶かす＝浄化作用と捉えると……ふむふむ、環境に優しいＥＣＯ的な感じ……か、成程。

おぉ、そうか！　そういうことならいっそ……！）

チーン！　という小気味よい音が、俺の頭の中で鳴り響いた。

「よし！　善は急げだ！　早速うちのマッチョに相談だぜ！」

俺は地面の上に放り出していたスライムを確保しつつ、熟睡中のエリーとシロに意気揚々と声を掛けるのだった。

第二話　予想外の同行者

「ふむ……、スライムか……」

俺は今、我が父でありそしてプラウドロード男爵家当主でもある、筋肉モリモリマッチョマンのグレンフィード・プラウドロードの執務室にいた。

大きく年季の入った木製のデスクで忙しそうに書類を確認中だったマッチョ父は、作業の手を止めてスライム入りの木箱を一瞥すると、俺の方へと視線を戻した。

「いかがでしょう、父上。うまくいけばこの領内の環境はより一層整備されますし、また当家の懐事情を鑑みても、大変費用対効果が高いと思われますが」

俺は執務室内中央のソファーに腰掛けながら、足元で寝転がるシロをモフモフしつつ、父にそう進言する。

「う～む……。スライムの溶解特性を用いた環境浄化計画……か。確かに発想自体は素晴らしいものであるし、うまくいけば領民たちにも大変喜ばれそうなものだが……むぅ……」

マッチョ父は目を閉じると、顎に手をやって考え込んだ。

「実は先ほど、森の湖に複数のゴミが浮いていたのを確認しています。この間の荒野開拓や食料自給率の大幅な改善から、他の領地、時には諸外国からうちの領内への移民が増加傾向にあり、それ自体は経済を回す上で大変喜ばしいことです。ですが、増加する人口とは反対にゴミ処理場が不足するなど、新たな問題も浮上してきております。そのような折、この施策が実現すれば、他に類を見ない革新的なゴミ処理方法を確立することができると考えています」

　前世の地球でも、環境問題ってのは常に付いて回っていたしな。

　科学とは違い、魔法というものが発達したこの世界が、すぐにかつての地球と同じような様々な問題に直面するとは思えないが、それでも領内環境を清潔に保っておくに越したことはないだろう。

　ゴミ屋敷ならぬゴミ領地になり、不潔になった結果疫病が蔓延して死の町になっちまいました……なんてのは、絶対ごめんだしな。

「うむぅ、スライムか……。しかし少々危険ではないか、レインよ。私も若かりし頃はスライムなど無数に駆除したものだが、やはり魔獣は魔獣。緩慢な動きしかしないとはいえ、油断して命を落とす者も少数はいたからな」

「そ、そうですか……。う～ん、そうかぁ……。しかしなぁ……」

　俺はもっともなマッチョ父の言葉に、腕を組んで考え込んだ。

　確かに父が言わんとすることは限りなく正しい。

　スライムに襲われ、守るべき領民が命を落とすようなことがあれば、元も子もない。

「ふふ。よろしいではありませんか旦那様。おそらくこの世の誰しもが駆除・討伐の対象としてしか見ていなかったスライムに目を向けられたこと。やはり私としては、坊ちゃまの凡百の徒とは異なる高次元的発想に敬服するばかりです」

「わぁ、フリード！　あなたにそう言われると、大変光栄ですね！」

俺は、我が家の誇るなんでもこなす万能執事、イケメン長身のおまけ付きであるフリードの援護射撃に目を輝かせた。

さっすがフリード、わかってるぅ！　そこにしびれる、憧れるぅ！

「ゴホンッ！　あまり子供をもてはやすものではないぞ、フリード。特にエリーと違ってこのレインはすぐに調子に乗って、何でもやりすぎる傾向にあるからな」

「ふふふ、これは失礼いたしました。どうぞ、エルフ村産茶葉の紅茶にございます。シェフ特製の焼き菓子とともにお召し上がりください。坊ちゃまもどうぞ」

俺とフリードのやり取りを見たマッチョ父は、美味しそうに紅茶を飲みながらフリードに苦言を呈した。

我が家のこういった光景も見慣れたものだ。

この世界のスタンダードであれば、ただの一執事が雇用主、ましてや貴族の当主に意見するなど、到底あり得ないことだ。下手をすれば無礼討ちと称し、斬首に至ることもあるだろう。

だがうちの父とフリードは、そういった世間の普通とは少し違い、マッチョ父は積極的にフリードに意見を求めるし、フリードはそれにしっかりと応え、ただのイエスマンではなく、時には施策の撤回を進言することもある。

つまりは、お互いに強い信頼関係で結ばれており、忌憚のない意見を言い合える仲なのだ。

「ところで父上、先に一つお伺いしたいことがありまして。恥ずかしながら私はスライムに関する知識はほとんど持ち得ないのですが、それでも少し気になることがあるのです」

「気になること……？　どういう意味だ？」

「はい、これまで父上が無数に殺害してこられたスライムとは、皆一様にこのように美しい色をしていたのかと思いまして」

「言い方な、言い方。ゴホン……、えっと色だったか……？　スライムに色違いの種がいるなど、私も聞いたことはないが……。レイン、その木箱の蓋を開けてみなさい。一度確認しておきたい」

「はい、承知いたしました」

　俺がスライムを封入した木箱の蓋を持ち上げると、マッチョ父とフリードがそれを真上から覗き込んだ。

　と同時に、二人は目を大きく見開くと、ハッと息をのんだ。

「旦那様……。このフリード、未だかつてこのような色鮮やかなスライム、見たことがございません……」

「うむ……、この美しい色合いは一体……？　私も初めて見るな……」

　オーロラ色のスライムをじっと凝視しながら、時折マッチョ父とフリードは顔を見合わせたり、首を捻ったりしている。

　俺はそんな二人に対し、もう一つ尋ねてみた。

「実はもう一つ、疑問がありまして」

「ま、まだ何かあるのか？」

「はい。どうやらこのスライムに関しては、どこをどう見ても魔石が見当たらないのです」

「何……？　魔石を内包していないだと……？　そんなバカなことはあるまい。いくらスライムとて魔獣には違いない。魔石がないはずが……」

　マッチョ父は不思議そうな顔で俺を見ると、机上のスライムへと再び視線を戻す。

　その後ややあって、フリードが小さく口を開いた。

「旦那様。坊ちゃまのおっしゃるとおり、このスライムには魔石が認められません」

「うむ、そのようだな……。しかしそんなことがあり得るのか？　これは本当にスライムか？」

　マッチョ父はそうつぶやくと、おもむろに木箱の中、いや、正確に言えばスライムの中にグッと自身の右手を突っ込んだ。

（うおぉ⁉　父いったぁ！　手溶けるぞ⁉）

　一分、二分、三分……。

　俺は、スライムの中に自らの手を沈み込ませたままのマッチョ父の姿を見ながら、ゴクリと唾を飲み込んだ。

「ふむ……」

　やがてマッチョ父は、スライムからゆっくりと手を抜いた。

　フリードがマッチョ父に対し、すかさず手を拭う布を手渡す。

「だ、大丈夫ですか？　父上……？」

俺は怪訝な顔でマッチョ父とその右手とを交互に見つめた。

無茶するなぁ……。骨とか出てない？

「ふっ、これしき何の問題もない。だが今のでしっかりと確認することができた。やはりこれはスライムに間違いない。奴らの溶解液に触れた際のピリピリとくるこの感覚、この私が間違うはずもないからな」

おお、さすが自称スライムジェノサイダーの父だな。

マッチョ父は自分の右手を拭いつつ、スライムの方をじっと見ながらそう答えた。

「しかし解せんな……。スライムであることに間違いはないのだが、それであればなおのこと、魔石を内包していないのはおかしい。これは亜種、もしくは新種のスライムか何かなのか……？」

コン、コン。

その時マッチョ父の執務室のドアを誰かがノックした。

「構わん、入れ」

「失礼いたします」

「しつれいいたます！」

その時、執務室へやってきたのは、うちのゆるふわ母と、かわいい妹エリーだった。

「おにたま！」

エリーが小走りで俺の方へ駆け寄って来たかと思うと、そのまま勢いよく俺に飛びついてきた。

「あはは！　どうしたんだい、エリー」

俺は澄んだ瞳でじっと俺を見つめるエリーに微笑みかける。

「申し訳ありません、あなた。どうしてもエリーがレインのところへ行きたいと……」

ゆるふわ母が、右手を頬に添えながら、困ったような顔で俺たちを見る。

「いや、かまわないさ。せっかくだ、皆でお茶でもしようか。フリード、頼めるか？」

「承知いたしました。温め直しますので、少々お待ちください」

フリードは恭しく一礼すると、ティーポットやカップを載せたトレイを持ち、一旦執務室から出ていった。

「あっ！　スライムたんの落とし物！　おにたま、これお腹いっぱいのスライムたんですね？」

「あぁ。色々と確認したいことがあったからね。エリーはスライムのこと、怖くないの？」

俺は、スライムの入った木箱の前で肘をつき、にこにこしながらそれを眺めるエリーに問いかけた。

「うん！　エリーは全然怖くありません！　だってこんなにかわいい色で、中もキラキラ光っているんですもの！　スライムたんの落とし物、エリーもずっと見ていたいです！」

うんうん、そうかそうか。エリーがスライムたんの落とし物をずっと見てたいなら、お兄ちゃんがんばって、百キロでも一トンでも持って帰ってきてあげような。

何ならこのマッチョ父の執務室をスライムたんのお部屋に改造して、いつでもエリーが観賞できるようにしてあげちゃおっかな？

そんな冗談を思い浮かべながら、俺は鼻歌を唄いつつスライムを眺めるエリーの姿を見つめていたが、その時頭の隅っこに、ふと小さな疑問が浮かんできた。

「ねぇエリー、スライムさんの落とし物ってなあに？　かわいい色のスライムさんったら、おっちょこちょいで、何か落とし物をしちゃったのかな？」

俺は何気なくエリーに尋ねてみたのだが、エリーは意外な返答をする。

「え？　だっておにたま、これはスライムたんじゃなくて、落とし物の方のスライムたんですよね？」

「……？　落とし物の方のスライム？」

エリーはそう言うと、再び目の前のスライムに視線を戻した。

ゆるふわ母もエリーの側へ腰を下ろし、二人で楽しそうにスライムを見つめている。

俺はふと考える。

（落とし物の方のスライム……？　そういえば、森の中の湖でもエリーはそんなこと言ってたなぁ。いや、それより、落とし物の方のスライム……、落とし物の方？　落とし物の方ってなんだ？　じゃあ落とし物じゃない方のスライムって……）

「……あっ⁉　もしかして……！」

俺はそう言うと、右の拳で左の手の平をぽんっ！　と叩いた。

「父上、このスライムが魔石を持っていない理由、何となくわかったような気がします」

「ふむ、聞かせてくれ」

「はい父上。今まさにエリーが言ったとおりです。このスライムはきっと落とし物だったんですよ」

「落とし物……？」

片眉を上げたまま、マッチョ父は怪訝な顔で俺を見た。

俺は人差し指を上に向けながら、説明を続ける。

「ええ、スライムの落とし物……、すなわちそれ単体では最早生物とは呼べないもの。……有体に言えば、一匹のスライムの体から分離した、ただの切れ端なのではないでしょうか」

「……！　成程、そういうことか」

「おそらくさっきは見つけられませんでしたが、森の湖の中には、このスライムの本体がいるのではないでしょうか？」

俺はキラキラと夏の日差しが差し込む窓越しに、森の方を指さした。

俺の言葉に、目を閉じて考え込んでいたマッチョ父が目を開く。

「わかった。ではまずは湖にいるかもしれんという仮称本体スライムの調査を行うこととしよう。本来なら私が行くべきなのだが、あいにくと政務に間隙を生じさせるわけにはいかない。すまんがレイン、本件の調査に当たってもらえるか？」

「お任せください。きっといい結果を持ち帰ってみせます」

俺はマッチョ父に向かって右手を胸に当てて恭しくお辞儀する。

まあ、一見かしこまった風に見せてはいるものの、実は俺の内心はヒャッハー！　だった。

やはり中身はおっさんでも俺の年齢は十歳、そんなちびっこレイン君に対し、父や母は、やれ礼儀作法だの、やれダンスの練習だのと、面倒くさい教養を強要する。
そんなものに比べれば、森の中でシロと一緒にスライムでもはぐれメ◯ルでも探している方がよっぽど楽チンってもんだぜ！　うはははは‼

「……ねぇ、あなた。私に一つ提案があるのだけれど……」

その時、いつもあまり政務に口を挟むことのないゆるふわ母が口を開いた。

「珍しいな、突然どうしたミリア？　慣れ親しんでいるとはいえ、魔獣も出現する白銀の森。レイン一人では心配か？」

お、おぉ、母……？　現在進行形で悪いことを考えていた俺のことを心配してくれてるのか？　なんと心優しい……。

「いいえ、レインの強さは私もよくわかっていますので、心配などはしていません。むしろ逆に、何をするにも度を越しすぎて、問題を起こさないかどうかが、目下の心配事です」

は、ＨＡＨＡ、母……？

「では何だ？　一応得体の知れない相手であるし、武の心得のない領民を派遣するわけにはいかないぞ？　冒険者などを雇うにしても、依頼状の送付などにかなり時間がかかってしまうだろうし……」

「うふふふ、だからそうではなくて。適任者ならここにいるではありませんか」

ゆるふわ母が口元に手を当て、悪戯っぽくくすくすと笑う。

その姿は我が母ながら、とても魅力的で美しく、父が母にぞっこんな理由がよくわかる気がする。

「ふむ、フリードか……。まあ確かにフリードなら多少の荒事でも心配はいらないが……」

「もう、そうではありません！　この私、ミリアム・プラウドロードが、一緒に行くと言っているんです！」

「え……」

「えぇ……」

「「えぇ～‼」」

胸を張ってそう宣言する母に、父と俺が同時に驚愕の声を張り上げた。

「皆様、お待たせいたしました。新しい紅茶をお持ちいたしました。……？　何かございましたか旦那様。皆様氷結魔法にさらされたかのように、固まっていらっしゃいますが……」

熱々の紅茶を持って執務室に入ってきたフリードは、首を傾げる。

執務室内には、エルフ産茶葉の香ばしい香りがほのかに感じられるとともに、エリーがオーロラ色のスライムを、いつまでもにこにこしながら見つめていた。

第三話

オーロラスライムを求めて

ダダダダ……‼

プラウドロード男爵領の中で、未だ未開の地を多く残す白銀の森。

そんな広大な森の中、縦横無尽に生い茂る木々をものともせず、あたかも高速道路上を疾走するスポーツカーの如く軽快にひた走るシロに、俺はいつもどおり跨っている。

だが今日はそんな俺の日常が、かなりの非日常になってしまったのだが……。

なぜなら――。

「ふふふ！　シロちゃんの背中は素晴らしいですね！　まるで自分自身が風になった気分です！　レインったら、こんなに楽しいことをいつも独り占めしていたのですね？　母はとても悲しいわ」

そう、今日は俺の後ろにミリアム・プラウドロードこと、うちのゆるふわ母が乗っかっているのだ。

「これでも今日はまだ遅い方じゃないでしょうか？　いつもは僕だけですし、もう一人乗ったとしてもエリーなので、普段とは勝手が違うというか、むしろ重……」

うっ⁉　何だ……⁉　何か後方から凄まじい殺気が……？

「お……おも、おもおも、思いやりを持った走りを心がけてくれているのではないかと……！

あまりシロの背中は慣れていらっしゃらないと思いますので……」

「そう、さすがはシロちゃんね。うふふふ、嬉しいわ。ありがとう」

「ワン！　ワン！」

母がシロの背中を優しく撫でると、シロは元気よく返事をした。

あっ、危ない危ない……。スライムを捜索する側の俺が、逆に行方不明になって捜索される側になってしまうとこだったぜ……。

嗚呼……、それにしても、俺は一人で森の中を満喫する予定だったのになぁ……。

「どうしたのですレイン、じっと黙ったままで。もしかして『習い事をしなくていいばかりか、一人で森の中を満喫する予定だったのに……』などと考えていたのではありませんか？」

ブ――ッ‼

「そ、そんなこと考えていませんよ！　は、母上と二人で出かける機会など普段はあまりございませんので、任務とはいえ大変楽しみにしておりましたよ！」

「あら嬉しい。私もとても楽しみにしていたのですよ？　うふふふ」

「は……ははは……はぁ……」

俺は努めて平静を装いながら、小さくため息をつく。

後ろにいる母は、わざわざ今日のため、タンスの奥に仕舞い込んでいた冒険者時代に使っていたらしい黒を基調とした魔法使いのローブを着用するとともに、簡素な木製の杖を持ってきていた。

　実はうちのゆるふわ母は、かつて名うての冒険者として国内でもその名を馳せていたらしく、マッチョ父ら他数名とパーティーを組んでいたが、父との結婚や、父がプラウドロード男爵家を相続することになった際に引退し、こっちの方へ移住する形になったらしい。

（それからまともに魔法使いとして稼働することなんてなかったろうに……。何で今日に限ってわざわざ……）

「うふふふ、楽しみだわ……。見つけられるといいですね、オーロラスライム……」

「オーロラスライム……ですか？　母上は今回の捜索対象であるスライムについて何かご存じなのですか？」

　そういえばゆるふわ母は、俺が持って帰ってきたスライムの切れ端をにこにこしながらジ～ッと見つめていたもんなぁ。何か心当たりでもあるのだろうか？

「実は母はね、王都魔法学校の学生時代、そのスライムのことを本で読んだことがあるのです」

「へぇ、学生時代……ですか」

　そういえばフリードから聞いたことがあるな。

　ゆるふわ母は王都魔法学校という、王都郊外に所在する魔法の才能がある者が通う学校に在籍していたらしい。

　その中でも火の魔法に関してはトップクラスの実力を持っていたとか何とか……。

「母はかつて魔法学校において、魔獣学という学問を専攻していたのですけれど、試験前に諦めて図書館で時間を潰……、ゴホン、試験用の資料を探していた際、たまたま見つけた古い本に、そのスライムについて書かれていたのです」

　母は学生時代に思いを馳せているのか、俺の後ろで嬉しそうに笑っている。

　ちらっと見えたその表情は、いつにも増して屈託のない笑顔だ。

　さっきテストを諦めかけたような発言があったことはスルーしておきまーす。

「成程！　これでわかりました。母上は、昔学んだ学問の裏付けのために、今回僕に同行してくださったのですね？」

「あらあらレイン……。その『昔』という表現、母は些か悲しいです。ほんの数年前のことですよ、数・年・前……？」

　語尾が少しずつ低音になった母は、そっと俺の耳の辺りに右手を添えた。

「は……ははは！　で、ですよね？　ははは……ははは！」

　しまった、発言には気をつけていたつもりだったが、どうやら地雷を踏んだらしい……。

　うっ……、母の圧力で、シロの背中までも若干汗ばんでいるじゃないか……。

　き、気をつけよう……。

「……とっ、ところで母上。その古書には、どんなことが書かれていたのですか？」

「うふふふ……。何が書いてあったと思いますか？」

　ゆるふわ母は、口元に細い指を添えながら、悪戯っぽい笑いを浮かべた。

「さ、さぁ……。僕には見当もつきませんが……」

「その本にはこう書かれていたの。『美しく彩られたオーロラスライムを見つけた者は、幸せになれる』と……。とても素敵でしょう？　せっかくレインとエリーが手がかりを見つけてきてくれたんですもの。この機会にぜひ見てみたいじゃありませんか」

ゆるふわ母は胸の前に手を組み、目をキラキラさせながら、話している。

うわぁ……。な、何だよその夢見る少女みたいな表情は……。

くっ……、そんなほんわか都市伝説のようなことのために俺の貴重なフリータイムを……。

俺はてっきり、実はオーロラスライムは軽く炙って食べたら酒のつまみに最適ぃ！　とか、そういう建設的なことがしっかり書かれているかと思ったのに……。

はぁ、まあいいか……。何だか母はすごく嬉しそうにしてるし……。

「わ、わかりました。では他にオーロラスライムに関する特徴などは書かれていなかったのですか？　見つけたらすぐにそれとわかるような何かしらの手掛かりとか」

「ええ、そうですねぇ……。確かオーロラスライムは、魔力が高密度に集積する場所、かつ綺麗な水辺にのみ棲息するため、大変個体数が少ない……、というようなことが書かれていた気がします」

「ほうほう。綺麗な水辺……と。他にはどうでしたか？」

「えっと……、あまり詳しくは覚えていないのですけれど、確かその消化能力は普通のスライムよりも優れているということや、オーロラスライムはとても特徴的な声で鳴くということが書かれていたように思います。あともう一つ何か書いてあったような気がするのだけれど……、ちょっと思い出せません。そんなに重要な事柄じゃなかった気はしますが……、何だったかしら」

「おぉ！　消化能力が優れているのは素晴らしいですね！　環境浄化計画の趣旨ともばっちり符合するじゃないですか！」

　俺は高速度で左右に流れていく森の景色の中、少しだけ目を閉じてオーロラスライムについて想像してみる。

（まず……、きっと希少種というくらいだから、サイズは割と小さいんだろうな。でかかったらすぐ見つかるだろうし、それだと希少種でも何でもないだろう）

　こないだ持って帰った手の平サイズ＋一回り程度、が妥当な線か。

（あとは特徴的な鳴き声、ということだが……）

　やっぱスライムの鳴き声っていやあ『ぴきーっ！』だよな！　うん！　異論は認めない！

『いじめないでよ、僕悪いスライムじゃないよぅ！』なんて上目遣いで言われた日にゃあ……きゃあ！　速攻で魔王を倒す旅のお供にスカウトだぜ。

　俺は自分の両手の中でぽよんと震える極彩色のオーロラスライムを想像して、とてもほっこりした気持ちになる。

　よっしゃ！　何だか俄然やる気になってきたぞ！

　さぁ急げシロ！　ぷるっぷるのオーロラスライムを見つけるのは俺だ———っ‼

「アオ———ン‼」

　ゆるふわ母と俺を乗せたシロは大きく吠えると、ますますそのスピードを上げ、森の中を駆け抜けていくのだった。

「ワンワン！　ハッハッハッ……！」

「母上、到着いたしました」

　しばらく森の中を走った後、俺たちは一際開けた場所、つまり目的地の湖へと到着した。

「うふふふ、レイン。ここがあなたの秘密基地なのですね？　……あぁ、深緑の木々と澄み切った大きな湖、そして鳥たちの優しいさえずり……。ここは何て素敵な場所なんでしょう。身体の中にすぅっと染み渡る澄んだ空気も、とても素晴らしいわ」

　シロから降りた母は、何度も大きく深呼吸をしながら、もの珍しげに辺りを見回しつつ、湖畔へと歩みを進めていく。

（まぁ、母もここまで来られただけで、今日はもう御の字だろう。あとは適当にお茶を濁して、『今日のところはスライムおりませんでしたねぇ～』つって引き上げるとしよう。くくくっ、そうすりゃまた、次もスライム捜索名目で色々サボれるしな！　うわっ、やべっ、俺賢い……！）

　一走り終えて寝そべり始めたシロをモフりながら、俺は秘かに今日をいかにやり過ごすかというプランを練っていた。

「ハァ……。スー……、スー……」

　シロはいつもどおり早々に眠り始めるのだが、なんか寝る前に俺を見ながら呆れた感じのため息をついたように見えたのは気のせいだろうか？　気のせいだよな、おい。

「ねぇ、レイン」

「はっ……はいぃ⁉　何でしょう、母上！」

　俺は唐突に母に名前を呼ばれ、口から飛び出そうになった心臓を飲み込みながら、直立不動の姿勢からの、回れ～右！　を行った。

「どうかしたの？　何か見られたくないものを見られたような顔をして。うふふ、おかしな子ね。ところでレイン、この湖の水。これは以前にあなたが魔法で創り出したものでしたね？」

　母が湖の畔にしゃがみ込んでスッと水面に手を伸ばすと、そこから小さな波紋がいくつか伝ってゆく。

「はい、おっしゃるとおりです、母上。最初は人工的な湖を作るつもりなどございませんでしたが、諸事情により、若干地面に穴が開いてしまいましたので、結果的にこのような形になってしまいました」

「ここの水は、とても濃密で素晴らしい魔力の結晶ですし、透明度も申し分ありません。うまくオーロラスライムが見つかるといいのですけれど」

「そうですね。しかし母上、今は見渡す限りとても静かな湖。そのようなスライムがいるとはちょっと思えません。今日のところはこれで一旦うちに帰り、また日を改めて……ということでどうでしょうか？」

　帰ろうぜ！　今日はもう帰っちゃおうＺＥ！

「あら？　見てくださいレイン。あそこに漂っているあれは……？」

「え？　どこに何がって……あっ⁉　あれは、こないだ持って帰ったのと同じやつ！」

ゆるふわ母と俺が立っている湖畔から十メートル程度離れた場所に、それは浮かんでいた。

そう、エリーと俺が持ち帰ったオーロラ色のムニョムニョ、つまりスライムの切れ端だ。

「あそこと、あら、あっちにも……。思ったよりたくさんの切れ端が浮かんでいますね。やはりここにオーロラスライムがいるのでしょうか。何だかワクワクしますね、レイン」

ゆるふわ母は、眩しいぐらいキラキラとした、素直でまっすぐな笑顔を俺に向けた。

（くっ……、母め！　そんな嬉しそうな顔されちゃあ、何だか早く帰ろう帰ろうとしている俺が悪者みたいじゃないか……！）

……はぁ、わかったよ、わかりましたよ。母のためにも、頑張ってオーロラスライムを探しますよ。そんな笑顔みせられたら、頑張らないわけにはいかないんだもんなぁ。

（仕方ない、ぴき――っ！　のかわいいスライムちゃん、このレイン君が見つけてあげますよ～）

俺は、嬉しそうにはしゃぐ母を見ながら、苦笑いでため息をついた。

――だが、その時の出来事だった。

ボコ……。

ボコボコ……。

突然、湖面が広範囲にわたって泡立ち始めたのだ。

「何だこれ⁉　急にボコボコして、何か出てくる⁉　も、もしかして……！」

ボコボコ……ボコボコボコボコ‼

ザッバ――ッ‼

「あらあら。もしかしてあれが……」

「でっ……でっ……でっ……でっか――⁉」

大きく波立つ湖面。

大量に舞い散る水飛沫。

そう、俺たちの目の前に姿を現したのは、まさに極彩色のオーロラをまとったかの如き姿をした、凄まじく巨大なスライムだったのだ。

第四話
実際に会ったスライムは、やっぱり何か思ってたのと違った

ザザザザ……ザバァ……‼

未だ大きく揺れ続ける湖面をまるで意に介する様子もなく、それは悠然と浮かんでいた。

それ……、いや、そのスライムはとにかく巨大だった。

例えるなら、郊外のちょっとした二階建ての一戸建て住宅ぐらいの大きさだろうか……。

また、湖面から出てる部分だけでもその大きさなので、見えていない水面下のところを合わせると、どれほどの大きさになるのか見当もつかない。

形や質感といえば、全体的に楕円に近いような丸っこい形をしており、外側は見るからにぷにぷにで、ツンツンすればとても柔らかそうにも見える。

最後に色に関してだが、この前ここから持ち帰ったものとは比べ物にならないほどに鮮やかなオーロラ色で、最早芸術と言っても過言ではなく、ある種幻想的とも言えるような色合いだ。

そして、概ねその中心部分と思しき場所には、一際大きな魔石がゆっくりと揺蕩っていた。

そんな巨大スライムの様子に圧倒され、俺はしばらく声を出すことすらできなかったが、いつもと変わらない自然体で話し始めたのは、当然うちのゆるふわ母だった。

「まあ……。あれが古書に記されていたオーロラスライムなのですね……。なんて大きなスライムなのでしょう。きっともりもりご飯を食べて、頑張ったんでしょうね。レインやエリーも、あ

のオーロラスライムのように大きくなってほしいものですね、うふふふふ」

いや、あんなにでかかったら、そもそも家に入れんじゃないですか。

ばかでかいスライムを前にしても、母のゆるふわ天然っぷりはまったく変わらないらしい。

（……それにしてもでっかいよ、でかすぎるよオーロラスライムさん！　手の平サイズ＆上目遣いでぷるるん！　は、どこいったんだよぉ！）

は！　待てよ！　確かに外見は些か大きく、かなり期待を裏切られてしまった感はあるものの、声……、声はどうだ⁉　母も言ってたよな、特徴的な声を出すと。

ほら、ぴき――っ！　って言ってごらん？　甲高い声でぴき――っ‼　って……。

「もがぁ～～～～～……」

「声ひっくいなっ‼　ぴきぃ！　じゃないんかい⁉」

「……？　ど、どうかしましたかレイン。何だかひどく取り乱しているようだけど？」

「はっ！　い、いえ。問題ありません、少々想像と違っていたもので、つい……」

お、思わず素で突っ込んじゃったぜ……。

「見てごらんなさい、レイン。あの美しい色と特徴的な声……。あぁ、古書に書かれていたことは全て真実だったのね。母は感無量です……」

「あっ！　母上！　あれを見てください‼　オーロラスライムの中‼」

なんと先日湖に浮かんでいた大量のゴミが、オーロラスライムの中をゆらゆらと漂っていた。

するとみるみるうちに、漂っていたゴミが溶けてなくなっていくではないか！

「す、すごい！　母上！　ご覧になりましたか⁉　やはりスライムをゴミ処理に役立てようとした僕の考えは正しかったようです！」

「あらあら、確かにすごいですね……。母もこれまで数多のスライムを見てきましたが、これほどの消化力をもった個体を見るのは初めてです……」

「もがぁ～～～～～……」

オーロラスライムはゴミを消化しつつ、再び間の抜けたような声を辺りに響かせる。

だが俺はそんなオーロラスライムとは対照的に、その溶解力につい鼻息を荒くして興奮してしまった。

正直いかにも頭が悪そうな感じがするが、あれだけの力があれば、うちの領内で増加するゴミ問題についても、早々に解決できそうだ。

さてそうなると、問題はどうやって運ぶかだよな……。

あいつをそのまま捕獲して持って帰るにしても、何かでかい入れ物がいるか……？　いや一旦冷凍しておいて、後でみんなで取りに来るとか……？

俺は額に指を当てて目を閉じ、オーロラスライムの運搬方法などを模索していた。

――だがその時。

「……ワフ⁉」

木陰で爆睡していたシロが、突然耳をピンッと立てて体を起こし、キョロキョロと周囲を見回し始めたではないか。

「ん？　どしたんだ、シロ。まだおやつの時間じゃないよ？」

「……グルルルル……」

シロは母と俺の下へ駆け寄ってくると、今度は怖い顔をして周囲を警戒し始めた。

「本当にどうしたんだ、シロ？　もしかして何か来るのか……？」

……ブ……ブブ…………。

「うん？　何の音だ？」

その時、俺は遠くの方から、ほんの少しだけ何か小さな音が聞こえた気がした。

くるくると辺りを見回したが、何もいない。

（気のせいか……？　けどシロは変わらず唸ってるし……。一体何だ？）

……ブブブブ……ブブブ……！

だが姿の見えない音は、徐々にではあるが、確実に近づいてきている。

（何かの羽音……か？　それも一つ二つじゃないぞ？　こ、これは……この音はまさか……）

俺の背中を、一筋の冷たい汗が伝ってゆく。

（まずいな、もし大量の魔獣に襲われでもしたら……。ゆるふわ母もいるってのに……）

「あらっ、大変！」

「うおおおお⁉　びっくりしたぁ！　ど、どうしたんですか母上⁉」

真後ろから突然肩を叩かれた俺は、びっくりして転倒しそうになった。

「母は今、大事なことを思い出しました」

「……だ、大事なこととは何でしょう、母上」

「ええ、レイン。さっきここに来る前に母は、『もう一つ、本に書かれていたことが思い出せない』と言いましたよね？」

「は、はぁ……。おっしゃっていましたね。確か別段重要なことでもない、というようにおっしゃっていたと思いますが……」

「そうそう、それです。今聞こえてきているこの羽音で、母は思い出したのです。うふふふ、まだまだ記憶力が衰えるような年齢じゃありませんからね？」

「ははは……。そ、そうですね」

　わかったから、はよ教えてくれ。

　ゆるふわ母は、嬉しそうに俺の肩をぽんぽん叩きながら言葉を続ける。

「確かその本にはこう書かれていました。オーロラスライムはとても高密度な魔力の集合体であり、外敵に狙われることが多い。それも希少種たる所以であろう。また、ある程度知能のある魔獣ならその溶解力を恐れて近づくことはしないが、本能のままに食糧を求める魔獣、即ち……」

　ブーン！　ブブブン！

　ブブブブブブーーーーンッ‼

「はっ、母上！　虫！　虫ですよ、あれ‼　ひえぇぇぇ‼　何かの冗談みたいな真っ黒な集合体がこっちに来ます‼」

「あら、あれは魔獣キラービーの大群ですね。うふふふ。何から何まで本に書かれているとおりで、やはり学者さんという方々は、大変偉い方たちばかりなのですね？」

偉いどころか、エライこっちゃですわ！　母上‼

何が重要なことじゃない、だよ。最も重要な必須項目じゃないか‼

だが、そんな風にびびりまくる俺とは対照的に、ゆるふわ母はなぜかいつもどおりの優しい笑顔で平常運転だ。

そんなにこにこしてる場合⁉　あの蜂、お尻の所にでかいナイフみたいなごっつい針がひっついてるんですけどぉ⁉

「す、すごいスピードで近づいてくる‼　母上、下がってください！　シロ、風の魔法で奴らをここに近づけないようにするんだ！」

「グ……グルル……」

俺はその異様な光景に言い知れぬ恐怖を感じ、思わず後ずさる。

シロも同じく、あまりの蜂の大群に尻込みしているのか、いつもの調子が出ないらしい。

（ま、まずい……。シロはともかく、母はなんとか守り切らねば……）

「あら？　うふふふ、レインったら。あなた小さな頃から頻繁に森の中に入っていた割には、魔法に夢中で、あまり子供らしい遊びはしなかったのですね？」

はい⁉　子供らしい遊びとはどういう意味ですか⁉　今はそんな場合じゃ……。

まあ高校生の頃は徹夜で麻雀したり、夜通し耐久ぷよ◯よ何連戦できるか大会なんかはしてましたけど……？

「うふふふ。虫取りですよ、レイン」

ゆるふわ母は、頬の横で人差し指を立てながら、ぽよん！　と丸っこい星マークが出るかと思うほど、かわいくウィンクをしてみせると、そのまま俺の横を通ってスッと前に出た。

「キィ――――ッッ‼」

その間も凄まじい速度で迫りくる巨大な蜂＆蜂。

うまくすれば養蜂ができたりするのかな……？　などと考えてしまうのは俺の悪い癖だ。

「虫取り……ですか……？」

「まあ見ていらっしゃい。うふふふ。母のちょっといい所、たまには見てみたいでしょう？」

大昔の合コンの一気飲みフレーズのような言葉を発しながら、俺の頭をぽんっと一撫ですると、母はにっこり笑って懐から杖を取り出した。

巨大な蜂の大群に一歩も引かない母の背中が、いつもより大きく見えるのは気のせいだろうか。

「我は喚ぶ……かの炎の侵略、何人たりとも阻むものなし。されど、荒ぶる炎は我が支配の下、侵奪の徒を誅する天網とならん……。バーニング・ネット、をどうぞ」

「――――っ⁉」

ゆるふわ母が詠唱を終えたその刹那、緑一色だった森の風景が真紅に染まった。

杖から飛び出した複数の巨大な火球が、空中で規則正しく並んだかと思うと次の瞬間、まさにバーニング・ネットの名にふさわしい燃え盛る巨大な網が、キラービーの大群をすっぽりと覆うように広がり、そして収束していくではないか。

「キッ⁉　キキィ――――‼」

突如顕れた炎の網になす術もなく囚われ、悲鳴を上げながら、生きたまま焼かれていくキラービーたち。

「うふふふ。まだ終わりではないですよ。しっかりと仕上げをしておきませんとね？」

ゆるふわ母は再び軽く杖を構えると、持ち前の優しい声で、躊躇なくそして一切の淀みなく、魔法詠唱を続ける。

「我は云う……舞い降りるは原初の炎。我が内なる魔導を糧とし、ここに焦熱の城砦は顕現せり。されどその紅蓮の炎は、侵略者の下へと帰結せん……。うふふ、レイジング・フレイム」

ズボォ！

ズボズボズボォ――――――ンッ‼

「ひぇっ⁉」

凄まじい熱風とともに、地面から無数の火柱が立ち昇ったかと思うと、瞬く間に炎の網に囚われていた蜂たちを消し炭へと変えてゆく……。

（す……すげぇ……。うふふ……、なんて微笑みながら行使する魔法の威力じゃないでしょう、これは――）

俺はゆるふわ母の、尋常じゃない魔法の威力と発動速度に驚愕していた。

正直その速度と正確さは、俺の無詠唱魔法とほとんど変わらない気がするのだが……。

な、成程。やっぱゆるふわ母だけは、絶対に怒らしちゃあいかん存在ってことだな……、メモメモ。

色々と深く心に刻み込んだ俺は、シロともども、ぽかんと口を開けながら焼失していくキラービーたちを傍観していた。

するとその消し炭の中から、多くのキラキラした何かが落下していく様子が見てとれる。

――魔石だ。

（あっ、大量の魔石が落ちていく！　えへへへ……。あれはあれで後でちゃんと拾わんとな……）

「はっ！　いけない！　レイン！　まだ一匹生きています！　逃げなさい!!」

「へ……？」

突然聞こえてきたゆるふわ母の怒声に、俺は視線を上へと戻したのだが……。

ブ――――ンッ!!

「キィイイ――――ッ!!」

そこで俺が目にしたのは、炎の網から脱出したであろう一際大きなキラービーが、その身を紅蓮の炎に焼かれ、声にならない声を発しながらも、凄まじい勢いで俺の方へと向かってきている姿だった。

だが見るからにその体はぼろぼろで、焼けただれた肉に加え、腹部の鋭い針も燃え尽き、最早最後の意地で飛んでくるようにも見える。

「あれは……、女王蜂ですか!?　くっ……、あの炎の中を生き残るなど……！」

うちの（やばめの）母には敵わぬと、その体と本能で悟っていたのか、女王と思しき巨大な蜂は真横から一直線に俺の方へと飛行してきた。

ズドンッ！

「うぐっ⁉」

女王蜂は、自らの頭部を俺の腹に押し付けるように体当たりするとともに、焼け残った脚で俺をガッチリとホールドすると、そのまま飛び続ける。

「うおおぉぉ⁉　ど、どこへ行こうってんだ……？　高速飛行の蜂さんとこのまま愛の逃避行なんて趣味は僕には……、はっ⁉　ま、まさか、この先は……‼」

「もがぁ〜〜〜〜〜……」

「で、ですよね〜……（涙）」

そう、女王蜂は、まっすぐオーロラスライムの方へと進んでいたのだ。

子供たちを灰にされた恨みか、はたまた最後の意地なのか。

どうやら俺諸共、あのでかいムニョムニョの中にぶっ込んで、有終の美を飾るおつもりらしい。

「ばっ、ばか！　何考えてんだお前！　こら、離せ！　離しなさい！　は、離してくださいましよぉ⁉　一緒にとろんと溶けちゃうよぉ⁉」

「――――…………」

（げぇ、こいつ……。も、もう死んでる……）

当然ながら既にＤＥＡＤ状態の蜂さんが、俺の切実な願いに耳を貸してくれるはずもなく、飛行の勢いそのままに、俺は巨大蜂とともにオーロラスライムの方へと一直線に進んでいく。

　慣性の法則ってのは異世界込みで万国共通なのね……と、俺は再確認するとともに、無情にもオーロラスライムの下まであとほんの数瞬で到達してしまうことも、同時にわかってしまった。

「レイ――ンッ！」

「ワンワン！　ワオーン！　ワオ――ン‼」

　真っ青な母の顔とけたたましく吠えるシロの表情が、まるでスローモーションのように見える。

（くっそう、何てこった……！　こんなことになるなら、最優先で酒造りでもしときゃよかった……！　こっちきてから、まだ一杯も飲んでやしないのに‼）

　――次の瞬間。

　ドプン。

「ガボガボ……ごぼごぼ……」

　俺は目の前に広がるオーロラ色の光景と、生ぬるい粘着質な水の中にいるかのような感覚を同時に味わっていた。

　そして間もなく、ともにオーロラスライムの中へと突入した女王蜂の溶けてなくなっていく姿が、俺の目に飛び込んできた。

（ひぃぃぃ⁉　俺も溶ける‼　死ぬ！　死ぬる～～‼）

　俺は必死にもがき続けるが、やはりそこはスライムの中なのだろう、身体が思うように動かず、脱出することはできない。

あぁ……、溶けるんだ……。さっきの蜂みたいに、俺も溶けていくんだ……。

嗚呼……、ほら、間もなく身体中の肉が溶けて骨が見えて……、それから、それから……って
……あれ……？

（俺……、溶けて……なくね……？）

消えてなくなるはずだった俺の視線の先に、ぼんやりと輝く光が見える。

目を凝らしてみるとそこには、オーロラ色に輝く、大きくて美しい魔石が浮かんでいた。

第五話　オーロラスライムとの邂逅

「ごぼごぼ……（あれ……？　俺、まだ生きてる？　というか、呼吸もできている……？）」

見間違いか、はたまた死ぬ前の夢かと思っていたオーロラ色の魔石は、悠然と俺の視線の先で揺蕩っていた。

（俺オーロラスライムの中にぶっ込んだんだよな……？　びびりまくって、頭がパーになっちゃったのか……？）

「……丈夫……しょうか……？」

そんな風にぼんやりとオーロラ色の魔石を見つめていた俺の頭の中に、突然、穏やかな女性の声が響いてくる。それはどこか繊細で儚げな様子を想起させるような、そんな声だった。

（えっと……、もしかしてあなたは、オーロラスライムさん……、ですか？）

俺は今声が出せる状態ではないため、試しに頭の中で自分の言葉を思い浮かべてみた。

「……ええ。現世《うつしよ》では、私のことをそのように呼称する方もいらっしゃいます」

おぉ、成程。どうやらこのオーロラスライムとは、頭の中で直接意思疎通できるらしい。

（じゃあその……、何といいますか……。僕、溶かされて食べられるような事態は回避できた……って認識でよろしいですかねぇ？）

「もちろんです。この私があなたを消化・吸収することなど、あろうはずがございません」

（へぇ……、そりゃまたどうして……？）

てっきり湖のゴミや共倒れを狙って突っ込んで来た女王蜂のように、仲良く養分になるのかと思っていたのだが……。

もしかして昨日、歯も磨かず風呂にも入らず、さらに汗をいっぱいかいた服を着替えもせずに、マッチョ父の仕事机の上で寝てしまったことが功を奏したか……？

「それは私があなたによって生かされた存在だからです。言うなればあなた様は私の命の恩人、そのような方を吸収する道理がどこにありましょう」

（えぇ!?　い、命の恩人!?　正直僕には全然心当たりがないんですが、どっかでお会いしたことありましたっけ……？）

「お会いしたことはなくとも、あなたはこの私に大いに与えてくださったではありませんか」

与えた……？　与えたって言われてもな……？

前世の浦島太郎の話みたく、スライムをいじめる子供たちを注意した、なんて記憶もまるでないぞ？

「この湖でございます」

（……湖？）

「皆様がオーロラスライムと呼ぶ我々は、複数の亜種が存在するスライムの中でも、特に数少ない変異種でございます。それゆえ、外敵は数多《あまた》存在し、先ほどのような虫型の魔獣はもちろん、同族であるはずのスライムまで、例外なく我々を捕食にかかるのです」

（お、同じスライムまで……？　それはまた大変ですねぇ……）

「この森の中のごくごく小さな湖で生まれたこの私もまた、例外ではありませんでした。一個の生命として芽吹いて間もなく、私は常に他者から捕食される死の恐怖に怯えながら、わずかな朝露などで生きる毎日を過ごしていたのです……」

（成程……。失礼ですが、やはりスライムといえども、怖いものは怖いんですね？）

「無論です。とは言いましても、私は私自身のことしか知り得ませんゆえ、他のスライムの心の内などはわかりかねるのですが……。とにかく、そんな怯えるだけの毎日に終止符を打ってくださったのが、あなた様だったのです」

その時、ふとオーロラスライムの中の液体？　が、少しだけ泡立った。

「行く当てもなく、向かう方向すらわからず森の中を彷徨っていた私は、この肉体を砕かれ、啄まれ、あとはゆっくりと死を待つばかりでした。そしていよいよ、自身の生命活動を停止せんというまさにその時、突然目の前にこの湖が姿を現したのです」

オーロラスライムの中の液体？　が、より一層泡立ち始めた。

話の山場で興奮したのだろうか？　間違って俺を溶かさないでね……。

「その時私は、今よりもう少しだけ小さなあなた様のお姿も拝見いたしました。優しく微笑みながら、その小さな身体からは想像もつかないような、濃密で清らかな魔力の込められた水を放出なさっていたのです」

あ、ああ。一番最初にこの湖の原型を造ってしまった時だ……。

火と風の魔力を合成した爆裂魔法の制御をミスって、大穴が開いちゃった時だな……。

あの時は森を削ったことが両親にばれないよう、最初から湖があったことにしようと思って、苦笑いしながら必死に水を注ぎまくったっけ……。

(は……ははは……。ちょっと心当たりあるかも……。ですが、正直申しまして僕は、お宅様が認識されているような高尚な気持ちでこの湖を造ったわけではなくですね……)

俺は動きづらいスライムの中ではあるが、ぽりぽりと後頭部をかく。

「いいえ、そのようなことはさして重要ではございません。たとえ造られた動機が誤りであったとしても、私がこの命を救われた事実には、何も変わりはないのですから」

たくさん泡立っていたスライム内部は、いつの間にか落ち着きを取り戻していた。

いや、どちらかといえばその温度も程よく温かく、むしろ心地よくさえあるぐらいだ。

不思議だな……。何でも溶かす魔獣の中だってのに、何だかこの声は、心を落ち着かせてくれるようだぜ……。

「ふふふ……。あなたは不思議な方ですね。私が希少な変異種であるとはいえ、通常ならば人の子と言葉を交わすことなどできるはずもありません。おそらくは、あなたの純粋かつ超高密度な魔力を、長期間この身この魔石に吸収し続けたことにより、意思疎通が可能になった……。まさに奇跡とでも呼ぶべき所業なのでしょう」

(成程……。そりゃ……いいですね。あっ、実は僕、お宅様にお願いしたいこと……が……)

声を聞けば聞くほど、中にいればいるほど、俺はだんだんと心地よくなり、何だか急に眠くなってきてしまっていた。

「お考えは承知しております。私は水辺での生活を余儀なくされているため、ここを離れることはできませんが、成長の過程で私の体から分離したそれは、最早私ではありません。どうぞご自由にお持ちください。万物を溶かすことしか能のないこの身ですが、少しでもあなた様のお役に立てることをありがたく思います。あぁ、もちろん、私はこの湖の水から際限なく魔力の供給を受けることができますので、私を害する意図がない限り、こちらから誰かを攻撃することはございませんので、ご安心ください」

（や、やった……。そりゃ……どうも。これで領民たちのゴミ問題は、無事……解決だぜ……）

「最後に一つお願いが。ぜひあなた様の名前をお教えくださいませんか。我が救世主たるあなたのお名前、ぜひとも永久に魔石の中に刻み付けておきたいのです」

（レイン……。レインフォード・プラウドロードと……申……します……。これからも、ちょくちょく……、ここに顔を出すことになると……思いますので……、今後とも……ヨロシ……………）

　俺はふと、目の前に浮かんでいたオーロラ色の魔石に手で触れてみた。

（……温かい……）

　そして間もなく、俺は意識を手放した――。

第六話　オーロラスライムからの贈り物

「う……うーん……？　あれ……ここは……」

ゆっくりと目を開けた俺の視界には、いつもの部屋のいつもの見慣れた天井が目に入った。

一生懸命仕事を頑張った後、ひとっ風呂浴びて爆睡し、次の日の朝気持ちよく目を覚ます、そんな清々しささえ感じるような目覚めだった。

違和感といえば……そう。

俺のことを心配そうに見守るいくつもの顔があったぐらいだろうか。

「おにたま！　おにたまが起きた！　母上！　母上!!」

「えぇ、えぇ、エリー。あぁ……レイン、本当によかった……。この母が付いていていながら、大変な思いをさせてしまいましたね……」

エリーが俺の手を握り、ゆるふわ母は思い切り俺を抱きしめる。

「ワンワン！　アオ―――ン!!」

ドスン!!

そんなエリーとゆるふわ母に負けじと、でかい体のシロが、間髪入れず俺の上に飛び乗った。

「ぐえぇぇ!?　シッ、シロ……!?　おいぃ、シロォ……!!　乗ったらいかんところに乗っとるぅ～～!!　具体的に言うと、ゴールデンなボールが……潰れかかっているぅ～……!!」

その時、部屋の外からバタバタと大きな足音が響いてきた。

ガチャ……。

ドアの側で待機していた執事のフリードが、おそらく絶妙のタイミングで扉を開けたのだろう、大きな肉体をこれでもかと揺らしながら、猛ダッシュの勢いそのままに、今度はマッチョ父が突撃してきたのだ。

（やばい！　このままでは、マッチョ父のマッチョ父による俺のための暑苦しい抱擁の餌食になってしまう……！）

「おはようございます！　父上‼」

俺はそう叫びながら咄嗟に身体の中で魔力を練り込むと、左手で風の魔法を行使し、常人なら即後方四回転半捻りで吹き飛ばされるぐらいの超ミニサイズの台風を、マッチョ父に向けて発射した。

「ぬおおおぉ……⁉　レイン！　これは全快したことを示す私へのアピールだな！　嬉しい‼　私は嬉しいぞ、レイ――ン‼」

マッチョ父は、俺が創り出したミニミニタイフーンをその分厚い胸板で受け止めながら、俺の方へとにじり寄ってくる。

（う、嘘だろ……⁉　けっこう魔力を込めたのに……⁉　森で母が行使した火の魔法といい、尋常ならざる父の耐久力といい、俺の両親、どんだけパワフルなの⁉）

「ひぇぇぇ……。父上に思い切り抱かれたら、全快どころか全壊してしまいますぅ‼」

「そうか！　問題ない、問題ないぞ！　レイン‼」

な、何が問題ないのか一ミリも理解できないんですけど⁉

「うぎゃあ～～～～～～っ……‼」

マッチョ父の全力の抱擁に呼吸もままならない俺は、またもや意識が遠のいていく……。

「坊ちゃま……。このフリード、麗しの親子愛を前に、うぅ……！」

昇天しかけの俺の視界に、フリードがハンカチでそっと涙を拭う姿が…………ガガ、ガク。


「はははは！　すまなかったな、レイン！　お前が目覚めたという報せを聞き、ついつい我を忘れてしまったよ」

「……本当に勘弁してくださいよ……。あれが私でなくエリーだったならどうなっていたことか……」

ほんっと、そういうとこだぞ、父。

まあ俺を心配してくれたってことで、今回は無罪にしてやるが。

「ははは、悪かったと言っているじゃないか。しかし丸二日も目覚めない我が子を心配する親の気持ちも、少しはわかってほしいものだがな」

「えぇ⁉　丸二日⁉」

お、俺はそんなに長時間爆睡してたのかよ⁉

「父上、なぜもっと早く起こしてくださらなかったのです⁉　丸二日もゴロゴロできたのなら、もっとベッドの周りに菓子や飲み物を置いたり面白い本を並べたりして、超快適な怠惰ライフを過ごすことができましたのに……！」

俺は真剣な目でマッチョ父に訴えかけると、父は大きく肩でため息をついた。

「はぁ……。どうやらいつものお前だな……。安心したぞ……というか、心配して些か損をしたかもな……」

マッチョ父と俺のそんなやり取りを、ゆるふわ母やエリーはにこにこしながら見つめていた。

「それよりもレイン。目的のスライムは無事発見できたそうだな。お前の言っていた環境問題解決の糸口にはなりそうか？」

父は俺が平常運転だとわかるや、早速仕事の結果報告を求めてきた。

うんうん、こういうパキッとした頭の切り替え、俺は好きだな。

「はい、おそらく可能かと。かのスライムが元気ハツラツでいる限り、今後も継続的にその体の切れ端を入手できる目途は立ちました。それを各家庭に配布してもいいと思いますし、大きな溜池のような場所をスライムの切れ端で満たし、ゴミ溶解炉として稼働させるのもいいかもしれません。オーロラスライムご本人から、許可もいただきましたしね」

俺は、ベッドの中で大きく背伸びをし、固まった身体をほぐしながらそのように答えたのだが、そんな爽やかな俺とは対照的に、父は怪訝な顔で俺を見た。

「許可……？　はははっ、面白いことを言うな。まるで湖のスライムと話でもしてきたかのようだな？」

「え……？　色々と話しましたよ？」

「おいおい、本当か？　いつ、どこでだ？」

んん？　何を言ってるんだ、このマッチョは？　ゆるふわ母から説明がなかったのか？

それともあれか……？　ついに脳みそまで鋼鉄のマッスルプロテインになっちまったか……？

「いえ、ご存じかと思いますが、私は湖でのあるトラブルでオーロラスライムの中に入っちゃいまして……。実はそのスライムの中で、しばらく相手と対話していたんですよ」

マッチョ父はゆるふわ母とお互いに顔を見合わせると、不思議そうに首を傾げている。

「あのね、レイン……。オーロラスライムと対話していた……というのは、何かの間違いじゃないですか？　でなければ、夢でも見ていたとか……」

「いえ、そんなはずはありませんよ、母上。母上もご覧になっていたでしょう？　僕は確かにオーロラスライムの中に……」

「ええ、母も確かに見ましたよ、レイン。でもね、あなたがスライムの中にいた時間は、ごく短いものだったのですよ？」

「えっ……？　そ、それはどういう意味ですか？　そんなはずは……」

「本当のことですよ、レイン。あなたがキラービーとともにオーロラスライムの中に入ってしまったその直後、シロちゃんがすごい勢いで飛びかかって、スライムの体内からあなたを引っ張り出したんですもの。時間的にいえば、そうですね……、ほんの数秒にも満たない間の出来事でした」

「――――」

母の言葉に俺は絶句した。

(俺は確かにオーロラスライムと会話したぞ……？　命の恩人だとか何とか、やけに感謝されていたし……。あれがものの数秒の出来事だって……？　マジ……？)

俺は母の顔を見てみるが、もちろんそこに嘘をついているような様子はまったくない。

というか、そもそも嘘をつく必要なんてないだろう。

当のシロは……、ははは、もう寝ちゃってるか。

俺はしばらく唇に手を当てて考えてみたが……、その後、少しだけ笑ってこう言った。

「ふふふ、そうですか。はい、確かに夢でも見ていたのかもしれません。落ち着いたら領民の皆様と一緒に、湖にスライムの切れ端の採取に行ってみましょう。もしかすると張り切って分裂しまくっているかもしれませんしね」

そんな俺の様子を見た父と母も、いつもの調子だとばかりに安心したのか、笑顔で頷いた。

その時、ふとエリーが何かに気が付いた様子で俺の袖を引っ張った。

「ねぇねぇ、おにたま。この綺麗な色の布はおにたまのものですか？」

「うん？　布……？　どれどれ……」

俺は枕元の机の上に丁寧に畳んであった自分の服に目をやった。

それは母と俺が湖に出かけた時に着ていた服のようだが、寝ている間に誰かが着替えさせてくれたらしい。まあ、そりゃぬるぬるのスライムまみれだったろうしな。

エリーに質問された俺は、その服の間から顔を出していた一枚の布を手に取って確認してみる。

（おいおい……、これは……）

「……エリー、これは大発見かもしれないよ？」

「えっ？　エリー大発見ですか？　エッヘン！　でもそれはなぜですか、おにたま？」

俺は手に取った布をパッと広げ、全員に見えるように掲げた。

「おお……。これは見事な……」

「あらあら、なんて素敵な色なのでしょう……」

「わぁ～、綺麗です、おにたま……」

そこに顕れたのは、美しいオーロラ色に輝く一枚の布だった。

その布は表も裏も、端から端まで、どこを見てもムラなどなく、美しく染め上げられている。

「これ、僕がポケットに入れていた白色のハンカチです。きっとオーロラスライムの中に飛び込んだ時、その体液でハンカチに色が付けられたんですね……。もしかしたら、環境問題の解決もさることながら、オーロラスライムは染め物などの面においても、もっと色々な副次効果をもたらしてくれるのかもしれませんね」

「成程！　そうとわかれば早速準備をせねば。私は染料として使えるかどうかも含め、直ちにオーロラスライムの切れ端採取班を結成するとしよう。フリード、一緒に来てもらえるか」

「承知いたしました、お任せください」

そう言ってマッチョ父とフリードは意気揚々と出発していった。

俺はというと、別段焦る必要もないので、ゆるふわ母やエリー、そしてシロとともにしばらく部屋で寛いで過ごす予定だ。

窓辺から差し込む麗らかな日差しの中、シロはもちろん、いつの間にかエリーや母も気持ちよさそうに居眠りをしている。

俺はふと母が言っていた『美しく彩られたオーロラスライムを見つけた者は、幸せになれる』なんていう言葉を思い出した。

（ふふっ……。幸せってのは特別な何かじゃなく、こういう普通の光景が続いていくことをいうのかもな……）

そのような優しい時間が流れる部屋で、ふと窓の外から「もがぁ～～～～……」という少々間の抜けた声が聞こえた気がした。

本章　ブリヤート大草原編

第七話　各種事業計画の推進と突然の来客

「いやー、レインよ。いくらお前さんの頼みでも、そりゃさすがにわし一人じゃあ無理ってもんだぜ。面倒を聞いてやりてぇのは山々なんだがよぅ」

ワッツの工房を訪ねた俺は、熟慮に熟慮を重ねたエルフ村への交通整備計画を話したが、やはり一人では難しいらしい。

この工房にも久しぶりに来た気がするが、表のゴミ屋敷のような居住スペースとは対照的に、相変わらず工房内はきっちり整理整頓がなされている。

そしてしっかりと鋼を扱えるよう、土と火の魔法を合成して作った『耐熱レンガ』をふんだんに用いて造り直した炉にも熱い火が入れられ、ごうごうと勢いよく燃えていた。

「……しかし、やはりワッツ一人だけでは難しいですか……。ぶっちゃけ穴を掘るだけなら、僕一人でなんとかなるんですが、やはりその後の整備は僕だけでは不可能なんですよねぇ」

俺は腕を組んで目を閉じながら、やや呆れ顔のワッツに向かってそう話した。

「しっかしお前さんの発想ときたら、相っ変わらずぶっ飛んでやがるなぁ。森の地下に長ぇ長ぇトンネルを掘って、そこを人や馬車が通れるようにするってぇ？　……んであとよ、なんだっけ？　ああ、『チカテツ』て言ったっけか？　トンネルん中を豪速で突っ走る、馬車より速ぇ乗り物を作ろうだなんてよう？」

「いえ、父上の書斎でゴロゴロしていて紅茶をぶちまけた時、たまたまそんなことが記された古い文献を発見しただけですよ。けど、これらが完成すれば、エルフの村との安全かつ安定した交易が、文字どおり誰にでも可能になります。いやいやそれだけでなく、この技術開発に成功すれば、必ずうちの領の目玉商品になるはずです……。これは最早革命ですよ、産業革命……。むふ……、むふふふふ……！　ぅおっと、よだれが……」

もちろん、俺にとってはエルフたちとの安全・安心な交易が第一目標だが、その後の他の領地、ひいては他国等への技術提供に伴うバックマージンその他諸々のことを考えると、ついつい目がドルマークになってしまう……。まあこの世界にドルはないんだけども。

「がっはっはっは！　お前さん、時々妙におっさんみてぇな顔して嬉しそうに話すよなぁ。わしはその顔好きだがよぉ！　ちょっと十歳の子供には見えんぞ？」

ふっ……。好きに言うがいいさ。実際まあまあおっさんだと自覚してるしな。

将来の食っちゃ寝生活のためなら、今はアリさんのように、精一杯働くさ。

「……しかしワッツ。あなた以外に、腕が良くて信頼できる職人を雇用しようと思えば、どうすればいいでしょうか。何か心当たりなどはありませんか？」

俺は顎に手を当て、困った顔をしながらワッツに聞いてみる。

金の成る木の如く壮大な計画も、そもそも土台がしっかりしていなければ、成功どころか青写真のままで終わってしまう。

たとえ俺が、人様よりちょっと突飛な魔法使いだとしても、何事も一人では実現不可能であり、そこには信頼できる仲間や環境が必要なのだ。

ワッツはワッツで、これまた少々困った顔をしながら、何やら考え込み始めた。

「んー……。心当たりがあるにはあるんだが……、ちょっとなぁ……」

んん？　ワッツにしては、珍しくハッキリしないなぁ。便秘か？

「ワッツ～、心当たりがあるなら教えてくださいよ。水くさいじゃないですか、できることならなんでもしますから」

俺は身を乗り出してワッツに尋ねる。

少しでも手掛かりがあるなら、東奔西走、レイン君はどこでも行きまっせ！

「……うーん……、まあ、何というか……、わしは元々よぉ、王都のとある鍛冶屋におってなぁ。そこの連中なら、もしかすると協力してくれるかもしれんのだが……。うーん……、実はそこで、昔一悶着あってなぁ……」

そう言いながら古ぼけたキセルに火を点けると、ワッツはボリボリと頭を掻きながら紫煙をくゆらせ始めた。

あらら……、あららららら。

これはあかんやつかな？　もしかして、何かすごく後ろ暗いことでもしてきたのか？

「……わかりました、今からでも遅くはありません、自首しましょうワッツ……。あなたが犯した飲酒絡みの暴行事件や泥酔した上での器物損壊事件に関する賠償金なら、うちでできるだけ安く貸し付けますから……。十日で三割ぐらいでいかがですか？」

「何でわしが酔っ払って事件起こしてトンズラこいたことが前提なんだよ！　しかも十日で三割の利息ってお前、暴利もいいとこだな！　怖すぎて借りらんねぇわ‼」

何だ違ったか。

てっきりその風体からして王都で指名手配でもされてるのかと。

「冗談ですよ、冗談。では一体何があったんです？」

「まあ簡単に言やぁ喧嘩別れだよ……。なんつぅかよぉ、鍛冶の方向性の違いっつぅやつでだなぁ……。わしは一緒にやってきた仲間に不満をぶちまけた挙句、相棒ぶん殴って飛び出してきちまったってぇ訳なのさ」

「ほ、方向性の違い……、ですか」

……どっかのバンドかよ。

「成程……、事情はわかりました。けどまあ、いずれにしても一度は訪ねてみますよ。協力していただけるかはさておき、何か収穫があるかもしれませんし」

まあ、ダメ元で行ってみるか。

ワッツには普段から世話になってるし、何より珍しくしょんぼりした感じだしな。

それで無理なら、またその時考えるとしよう。

「おぅ、何か悪ぃなぁ。んじゃまあ機会があれば、王都の『ガラテア』って工房を訪ねてみてくれや……。そこにその名のとおり、ガラテアってぇ鍛冶職人のドワーフがいるだろうさ……。まあ一見丁寧だが、そいつはわしと違ってすぐ切れやがるからな。せいぜい気ぃつけてくれや」

ワッツは再び古びたキセルに火をつけ、一際深く吸い始めると、少し遠い目をしながら、大きく煙を吐き出した。

う、うーむ、ちょっと雰囲気が暗くなってしまった。

よし、ここは別の計画を話して明るくしよう！　これはこれで俺が温めてきた、いや、発酵させてきた大事な計画だ。

（俺のドワーフという種族に対する認識が正しければ、きっとワッツは乗ってくるはず……）

「ところでワッツ。実は今日はもう一つ話がありまして……」

俺はキョロキョロと周囲の様子を窺いながら、小声でヒソヒソとワッツに話しかけた。

「なんでぃ、でっけぇ声では言えねぇことか？」

身体のでっかいワッツが、小さな俺の方に耳を寄せる。

かなり姿勢を低くしてもらっていて、ちょっと申し訳ない。

「ヒソヒソ……、実はですね……、僕はこれから美味しいお酒を作ろうと思っているんですよ」

「なっ、なっ、……なんだってぇ――――っっっ？」

どわわわぁ⁉　声が大っきい‼

「ちょっ……、ワッツ‼　大きな声を出さないでくださいよ……！　ステイ！　ステ～イ！」

俺は声を押し殺し、必死に訴えかける。

「バカ言うねぇい！　これが黙ってられっかってんだ‼　お前さんほどの人間がドワーフのわしに酒の話をすんだから、生半可なこっちゃねぇんだろぅ⁉　詳しく説明しろい‼」

ズズズイッ！　と、ワッツが前へ前へと出てくる。

その迫力たるや凄まじく、この前、鋼の精錬を見せた時のものとはまた別物だ。

「……静かにしてくださいってば！　この案件は家族にも黙って、慎重に慎重～に進めてるんです……！　もしあなたの大声で誰かにバレでもしたら、この計画は速攻でパーですよ……⁉」

唇に人差し指を当てて、俺は必死にワッツをなだめた。

酒に寄ってくる種類の魔獣かよ、お前は！

「……ハッ！　わ、わしとしたことが、酒のこととなるとつい……。め、面目ねぇ……」

ワッツはパッと両手を口に当てて押し黙る。

「ふぅ……。だ、誰にも聞かれてないだろうなぁ……？　父上はともかくとして、万が一あの躾に厳しいうちの母上が、未成年の僕が秘密裏に酒造りを行っているなどと知れば、一体どんな酷い目に遭わされるか……。うっ……！　想像しただけでお尻が痛い……‼」

俺は尻をさすりさすりしながら、ワッツに詰め寄る。

「しかしながらワッツ、この計画を打ち明けた以上、最早あなたも共犯ですからね……？」

「うへぇ、そりゃ怖ぇな……。けどお前さんのことだ、既にうめぇ酒の算段は立ってんだろ？」

ワッツは訳知り顔で、ニヤリ……という効果音が出そうな悪い顔をする。

「もちろんですよ、僕の計画にぬかりはありません。既に色々と実験を進めてますよ……。然るべき時期が来れば、ワッツには設備の製作や設置、そしてしっかりと毒味をお願いしますよ……」

俺もニマァ……という吹き出しが出そうな悪い顔で返す。

まあ、俺は実年齢は未成年だが、正直中身はおっさんなんだし？　ちょっとだけ飲むぐらいなら、バレやしないだろぅ。

んでもってこの世界は、どうも娯楽が少ないように感じるし、これも大事な人助けよ。

「「うしししししし……！」」

俺たちがガッチリ握手しながら、悪い《素敵な》計画に花を咲かせていたその時だった。

「坊ちゃま！　坊ちゃまはいらっしゃいませんか！」

突然工房の扉が開いたかと思うと、男性の大声が響き渡ったのだ。

「「……ひっ！　ひええええ～～～!?」」

ガタガタガタン‼

下手をすると命に係わる（主にゆるふわ母からの折檻で）謀議を行っていたワッツと俺は、突然の声と物音に驚き、工房の備品をぶっ倒しながら、もんどり打って倒れ込んだ。

「坊ちゃま？　坊ちゃま!?　こちらにいらっしゃるのですか!?」

なんとその声の主はフリードだった。

フリードは珍しく少々慌てた様子で、ワッツの工房に飛び込んできた。

「あぁ、痛ててて……。い、一体どうしたんですか、フリード……？」

俺は床から身体を起こし、フリードに向かって声を掛けた。

フリードは俺の姿を見て安堵したのか、いつもの落ち着いた様子に戻っていた。

だがフリードが俺を探してワッツの工房を訪ねてくるなど、これまで一度もなかったことだ。

ふと窓から見える雲が、いつもより早く流れているように見える。

（はぁ、また何か厄介ごとかなぁ……）

俺の胸には一抹の不安が去来していた。

※※※

「うちに来客、ですか？」

「ええ。そこで旦那様より、坊ちゃまにも一緒に話を聞いていただくため至急呼び戻すようにと仰せつかったのです」

「ふ〜む……。しかし、その来客というのはどちら様ですか？　わざわざ僕を呼ぶぐらいですから、領民の方の陳情か何かでしょうか？　それとも、もしや母上が農作業を手伝おうとして、またもや誤ってムーギ畑を焦土化したとか……？」

ゆるふわ母がまたやらかしたかな？

それならそれで、対処は容易いのだが。

「いえ、今回はそのようなことではございません」

「あれれ、違う……？　う～ん、ではどちらさんがいらしてるんです？」

フリードは、まっすぐ前を向いたまま、少し間を開けて言った。

「東方不敗の遊牧民族、ブリヤート族です」

「東方不敗……！　ブ、ブリヤート族……‼」

大袈裟に驚いた俺の様子に、フリードが片眉を上げて俺の顔を見る。

「……坊ちゃま、ブリヤート族をご存じなのですか……？」

「いや……、実は全然。てへっ」

「……クゥーン」

肩をすくめてぽりぽりと頭をかく俺に、シロは物悲しく一鳴きした。

いや、そんなこと言われてもさ、俺だって知らんもんは知らん！

東方ったって広いじゃん？

正直、でっかい何とか帝国があるってことぐらいしかわからんしな。

「ブリヤート族は、我がプラウドロード領の遥か東方、かつて荒野だった場所のさらに東に位置する、ブリヤート大草原に暮らす遊牧民族です」

フリードは無知な俺に対しても嫌な顔一つせず、まるで物知り博士のように、懇切丁寧に教えてくれる。

ほんっと、なんでもオールマイティにこなすパーフェクト執事だよ、アンタは。

「彼らは、その大草原のさらに東方に位置する巨大なグレゴリウス帝国からの干渉をよしとせず、また我らがグレイトバリア王国ともあくまで対等な関係を維持しながら、ブリヤート自治区で牧歌的な暮らしを営んでいる少数民族です」

「へぇ？　牧歌的な少数民族なのに、噂の帝国にもなびかないなんて、何だか変わった部族なんですね」

　グレゴリウス帝国の話は、以前に父から聞かされたことがある。

　巨大な軍事力をもって周辺諸国を恫喝し、従うならよし、従わないなら喜び勇んで戦争を仕掛け、国を丸ごと飲み込んでしまうとされる、まさに弱肉強食を絵に描いたような国らしい。

　過去の歴史においては、うちのグレイトバリア王国とも何度も戦争をしているらしく、停戦合意のなされた今日においても、国境などでの小競り合いは頻発しているとのことだった。

　まあうちの家周辺では、ここ何年も大きな戦争は起こっておらず平和だと父は喜んでいたが、俺だって元日本出身の平和主義者だし、対話不可能なあのオークキングたちが攻めてきたってんならまだしも、同じ人間同士での戦争なんて、まっぴらごめんだね。

「ええ。彼らは少数民族ではあるものの、一度戦いが始まれば、荒ぶる地龍を巧みに操り、統制された騎兵部隊を駆使して相手を完膚なきまでに蹂躙するという恐るべき戦闘能力を有しています。彼らは、最強と自負するその地龍軍団に絶対の自信を持っているため、いかなる勢力へも迎合いたしません」

　ひぇぇ!?　知ってるぞ。

地龍っつったら、あのワニのでっかい版みたいなやつだよな？

あんなのが徒党を組んで攻めてきたとしたら、そりゃ怖えわな。

（ま……、しばらく龍だのドラゴンだのっていう話は、お腹いっぱいだけどな……）

俺はエルフ村での出来事を思い出しつつ、フリードと色々な話をしているうちに、ほどなく自宅へと帰り着いた。

「……ゲギャアアア‼」

「……うお⁉　うちの庭になんかいる！」

俺が自宅の玄関の方へ向かっていたところ、いきなりでっかい何かに吠えられた。

「坊ちゃま、あれがブリヤート族の地龍にございます」

（おぉ……あれが噂の地龍……。で、でっかいな……？　五メートル以上は余裕であるんじゃないか？）

俺が見たブリヤート族の地龍と言われる生き物。

その全身は茶色く、頭部から生えた数本の立派なツノがとても特徴的で、口には当然鋭い牙がビッシリと生えており、前脚や後脚もかなり太くて力強いし、いかにも強そうだ。

また、そこには二匹……いや二頭か？　の地龍がいて、うちに来てるという誰かが乗ってきたのであろう、立派な鞍や装飾品が取り付けられていた。

「成程、フリードの言ったとおりですね。そりゃ戦場でこんなのがたくさんウロウロしてたら、戦う気も起きませんよねぇ？」

俺は肩をすくめてフリードに言った。

「左様でございますね」

フリードは目を瞑って、優しく相槌をうつ。

（……まあ、正直なところ、こないだみたいなでっかいドラゴンを見た後じゃあ、若干迫力には欠けるけどな）

シロも俺と同じような思いを抱いていたのか、何事もなく平然と地龍の横を通り過ぎていく。

さっすがシロ！　格が違うもんな‼

「……ゲ、ゲギャァ……」

ぷっ！　なんか地龍がしょんぼりして見えるのは気のせいか？

「ささ、坊ちゃま、どうぞ」

フリードが恭しく玄関の扉を開放した。

さてさて、今回はあんまりややこしい話じゃなきゃあ、いいけどな。

第八話　東方の遊牧民族を助けよう

「レインフォード、ただいま戻りました」

俺はフリードとともに応接間に入った。

そういやこの間は、ここでヴィンセント税務査察官と色んなお話したよなぁ。

先方とは悲しい行き違いもあったが、犠牲になった家具や調度品も弁償していただいたし、現在も継続して食材に関する忌憚のない意見を貰っている。

今度ワッツの言ってた何とかっていう工房を訪ねて王都へ行ったら、久々に挨拶にでも行ってみるか。

「……うむ、戻ったかレイン。こちらへ来なさい」

マッチョ父に促された俺は、部屋の中央に置かれているソファーの下へ行き、一礼して父の横へと座った。

するとそこには、俺たちと向かい合う形で、二人の男が座っていた。

そしてまず、父と向かい合って座っている壮年の男性が口を開く。

「うむ、ご子息ですな。この度は突然の来訪失礼いたす。わしはここより東方に位置する大草原に暮らすブリヤート族族長、バゼル・ブリヤートと申す」

——でかい！　このおじさんマジでっっかい!!

それが俺の、バゼル・ブリヤートに対する第一印象だった。

座ってるから微妙だけど、上背は二メートルを超えるんじゃないか？

おまけにマッチョ父よりもさらにマッチョで、そのぶっとい手足はまるで丸太じゃないか！

（ヤバすぎだろ……。某男だらけの塾の塾長かよ……）

続いてそのマッチョおじさんの横、俺と向かい合って座っていた二十歳前後と思われる若い男が名乗った。

「私は族長バゼルの長男、セルジ・ブリヤートだ」

……ふむぅ、こっちは割と普通の人だな。

けっこう引き締まった身体をしてるけど、横のおじさんほどマッチョじゃなく、むしろ華奢なかんじ。どっちかというと華奢マッチョってとこか。

……いや、それもうマッチョじゃないや。

彼らは、俺たちのような服装とは少し違い、いわゆる民族衣装といった装いで、上下とも白や茶色を基調とした特徴的な配色や長い革のブーツを着用していた。

「遠路はるばるようこそおいでくださいました。……して、この度はどのような用向きでいらっしゃいましたかな？　ブリヤート族の方々は、あまり他国と関わらないと伺っておりましたが」

まずは、うちのマッチョ父が相手のウルトラマッチョに対して口火を切った。

フリードからの話もあったように、普段よそと関わろうとしない部族、しかもその族長と名乗る男らが突然うちを訪ねてきたのだ。マッチョ父としては警戒するのは当然だろう。

——戦争のための敵情視察。

父がそのように捉えたとしても、決しておかしいものではないのだ。

だが、相手のウルトラマッチョから発せられた言葉は、意外なものだった。

「……単刀直入に申し上げる。どうか我が部族を助けていただきたいのだ」

眉間にしわを寄せ、バゼルと名乗ったウルトラマッチョは厳しい顔でそう言った。

横に座るセルジという男も、眉根を寄せ、難しい顔でうつむいている。

「ほう……、助力をお求めと。しかしながら、勇壮や豪胆と名高いブリヤートの方々が、我がプラウドロードに対し、如何なる助力をお求めでしょうか。ご覧のとおり、ここは王国中枢からも遠い片田舎で、恥ずかしながら内政や軍事においても、決して他の王国貴族よりも優位に立っているとは言い難いところでしてな」

「……ご承知のとおり、これまで我らブリヤートの民は、周辺国家に属することなく独自の自治を続けてきた。それらは全て、我らが遊牧民族としての誇りと伝統を守らんがため。それはこれからも決して変わることはない。……だが今回、そのようにばかりは言っておられぬ事態に見舞われてしまったのだ」

バゼルは凛と背筋を伸ばし、助けを請うている身であるにもかかわらず、どこまでも毅然とした態度を貫いていた。

ほっほう～。成程なるほど。

たとえどのような状況下においても、あくまで誰にも従わず、屈しない、という訳か。

（でも俺、こういう人好きだけどな。媚びへつらってヘラヘラしてる奴より、よっぽどいいや）

「……族長よ、これよりは私が」

　すると今度は、その息子セルジが話し始めた。

「我々は先祖代々、大草原に点在する三つの大きな湖を拠点とし、季節ごとに各所を巡っている。ブリヤートの草原はとても広大でそれぞれの時期に適した場所があり、その中で各地に位置する湖の恩恵を受けながら、家畜とともに生活してきたのだ。しかし……」

　セルジは何か思う所があるのか少しうつむいた後、やがて意を決したように顔を上げた。

「……しかし今、その三つの湖全てが、なぜか突然跡形もなく干上がってしまったのだ」

　真に迫ったセルジの言葉に、沈黙が舞い降りた。

（う～む……。生活拠点の湖が、いきなり全部干上がってしまったと？　しかも三つ……？　そりゃあ自然現象にしては、ちょっと不自然な気がするな……）

　……まあいずれにしても、この人たちにとっては死活問題という訳だ。

「我らとて、いつも家畜の乳しぼりばかりをしているわけではない。無論、周辺列強の情報収集活動も行っている」

　黙っていたバゼルが再び口を開いた。

「……昨今、あなた方が管理する東方の荒野、長年にわたり不毛の土地であったと記憶しているが、そこが突然、緑溢れる実り豊かな土地へと変貌したことは既に承知している。加えて、突如として高台に顕れた広大な湖や、良質な鋼鉄の製品が整備され始めたとも聞き及んでいる」

バゼルとセルジは値踏みするような目で、父を見つめている。

むふふ、俺たちは知ってるぜ？　情報収集もしてるんだぜ？　といった具合だ。

「ふむ、事実ですな」

特に隠すこともない、とでもいうように、マッチョ父は眉一つ動かさずに堂々と答える。

「……付け加えると、まさかとは思いますが、当家が何らかの手法でそちらの湖を奪い去った……などとお考えではありますまいな？」

訪れる二度目の沈黙。

今度はただの静寂ではなく、若干火気をはらんでいるようにも感じられるが。

バゼルは真剣な眼差しで、しばらくうちのマッチョ父を見ていたが、やがて小さくため息をつくと、元の表情に戻った。

「我々がそちらを疑っているようなことは断じてない。……だが他の干渉を許さず、などと嘯いていた我らではあるが、どうかここに恥を忍んでお願いしたい！　かの広大な荒野を御したその技術力で、我がブリヤートの民を助けてはくれまいか」

「お願いいたす」

二人は父に向かって、深く深く頭を下げた。

相手方のその様子に、父と俺とはどちらともなく顔を見合わせ、小さく頷く。

これは俺に対する『委細は任せた』の合図だ。

マッチョ父は相手方に敵意がないことを確認したのだろう、後の細かい駆け引きは俺に委ねてくれたのだ。

よしよし、ではその熱いリクエストに、信頼と実績のレイン君がお応えしちゃうとしましょうか！

「……では、こちらからも少々よろしいでしょうか」

今度は俺がバゼルに問いかける。

「うむ、何なりと」

バゼルがそう答えたが、横に座るセルジは怪訝な顔で俺を見ていた。

おいおい、こっちは頭下げてお願いしてんのに、何ちっちゃいお前がしゃしゃり出てんの？　バカなの？　とでも言いたげな顔してんな。

「我がプラウドロード家が、そちらをお助けするのはやぶさかではありません。生命の源たる水の枯渇、それはすなわち部族の存亡にすら直結する問題でしょう。これが仮に我がプラウドロードにおける問題だったとすれば、父や私もあなた方と同様、すぐさま王国上層部へ救いを求めたことでしょう」

「でしょうな」

「単刀直入にお伺いしますが、そちらへの助力の対価として、当方は何を頂けるのでしょうか？」

ガタン！

その時、突然セルジがソファーから立ち上がり、大声を張り上げた。

「……貴様⁉　子供のくせに生意気な！　我が族長に向かってその態度、無礼にもほどがあるのではないか⁉」

うお――ぃ⁉　何だ⁉　族長の息子の方がいきなり怒り出したぞ⁉

だが断る！　ウルトラマッチョにすごまれたならともかく、華奢息子ごときに怯むレイン君ではないのだぁ！　……びびりでごめんなさい。

「子供だろうとなんだろうと、私はプラウドロード家の長男であり、家長たる父グレンフィードの補佐をする立場にございます。それに関してはこの会談の場に同席されているあなたも同じなのではないですか？　その上で、助力に対する正当な対価に及んだ話を無礼などと言われてしまえば、最早こちらとしては交渉の余地はないかと思いますが」

「……な、何だと……！」

セルジは額に青筋を立てて怒りを露わにする。

まぁ、俺が困っている人たちに対し、少々厳しい姿勢で臨んでいるのは事実だし、ただでさえ不測の事態で困窮しているであろうところから対価を求めるのは、冷たいと言われるかもしれない。

けど、助けるのはいいとしても、こういう話は最初にしっかり詰めとかないとまずい。

後になって、実はこれはああでした、こうでした、え？　そんなのうちは聞いてませんけど？　では、お互い困っちゃうからね。

「慎めセルジ。無礼なのはお前の方ぞ」

ジロリと睨みを利かせながら、バゼルは低くドスの利いた声を響かせた。

ビクッと肩を震わせながら、セルジはバゼルの方を見て黙り込んだ。

なぜ自分が怒られるんだ？　とでも言いたげな表情をしている。

「セルジよ……、助力に対して何の対価も求められることなく、無償で資源の提供を受けるなど、逆に後が恐ろしいわ。そこなレインフォード殿が、双方に後顧の憂いなく話を進められるよう水を向けてくれているのが、お前にはわからぬのか？」

セルジが、大きく目を見開いて俺を見る。

まさかこのチビが……？　という感情がひしひしと伝わってくるが、バゼルの言ったことは正しい。

俺だって窮地に追い込まれている相手から利益を搾り取るつもりなんて毛頭ない。

ただ、最初に取り決めをしておいた方が、相手も話しやすかろうと思ったまでだ。

セルジはその辺を汲み取ってはくれなかったがな。

「うちの愚息が至らぬことをした、許してくれ」

バゼルは、再び深々と頭を下げた。

（うんうん、厳しい口調だけど、きっと息子のことを大切に思ってるのね）

まあ当の本人は、それを知ってか知らずか、顔を真っ赤にしてプルプル震えてるが……。

「どうぞ頭を上げてください、バゼル殿。無理もありません、我が息子レインフォードは、時折その十歳という年齢や容姿とは不相応に、親の私でも驚くようなことに思い至るのです。セルジ殿が無礼千万と思われるのも、致し方ありますまい」

おっ？　おぉ〜？　何だよ珍しいな。父ったら〜、褒めてくれるの？

へっへっへっ〜。ワッツと密造する予定のお酒、ちょっと融通してやろうか？

一つ咳払いをし、マッチョ父は続ける。

「先ほど話題にも上りました、我がプラウドロード家積年の課題でもあった東の荒野の開拓。その中核を担ったのも、実はこのレインフォードの尋常ならざる魔法なのです」

「ま、魔法だと⁉」

——魔法。この世界では別段珍しくも何ともない、日常会話でも頻繁に登場する言葉。

だがセルジは、その至極単純なワードを耳にした途端、咄嗟に俺に向き直るや、今度はなぜか複雑な表情で俺をジッと睨みつけた。

んん？　何だなんだ？

もしかして武闘派遊牧民族は魔法がお嫌いですか？

我々は怪しげな魔法などに頼らずとも、己が肉体一つで道を切り拓いていくのだ‼　……的な？

「……ほぅ、それはそれは。ですが我らブリヤートの民は皆ほとんどが戦士。お恥ずかしい話だが、レインフォード殿の魔法が他に比べてどれほど優れているのかということすら、理解が及ばぬ。かくいうわしも、魔法にはとんとうとくてな、申し訳ない」

「成程、ですがそこは適材適所では？　同じようなことであれば、バゼル殿の雷名はこの東方の田舎貴族の私ですら聞き及んでいるところです。こと膂力や一騎打ちにおいては、バゼル殿の右に出る者など、王国広しといえど想像もつきません」

「ふふふ、それは光栄ですな。しかしながら、一度戦が始まればわしが出るまでもなく、我らブリヤートの誇る地龍騎兵隊が、敵陣諸共踏み潰してしまうのでな。わしとしては腕が鈍って仕方ないわい、はっはっはっ！」

　父のお世辞に気をよくしたバゼルは、豪快に笑いながら自身の左手を右肩に乗せ、右腕をぶんぶん振り回す。

　ちょ……、危ないからその丸太みたいな腕を振り回すの止めてくれます？　せっかく新調した家具が吹っ飛びますからね？

　そんな風にはしゃぐ父親の姿を尻目に、セルジは視線を落とし、何やら深刻な顔をして考え込んでいる様子だ。

　どうしたんだろう、元気ハツラツのウルトラマッチョが恥ずかしいのか？

「おっとすまぬ、話が逸れたな。うむ、ではこうしよう！　もし我らに助力いただけるのであれば、馬や羊をはじめとした、我らにとっても大変貴重な家畜をそれぞれ二十頭程度提供しよう。さらにそれらから加工される食材や毛織物についても、併せてそちらへ差し出そうではないか。これでどうかね？」

　俺は、再び父と顔を見合わせると、アイコンタクトを交わした。

　違うよ、族長さん。そういうことじゃあないのさ。

「いえ、バゼル殿。そのような物資の提供など、当家には必要ありません」

俺は背筋を伸ばし、バゼルにそう告げた。

瞬時にバゼルの表情が曇る。

「……レインフォード殿、それは……、ご助力は頂けない、ということかな？」

「いえ、そうではなく。もちろん、可能な限りの十分な水や食糧の援助はお約束いたしましょう。私たちとて、何よりの宝ともいえる領民が、飢えや渇きにあえいでいれば、なんとしても解決したいと願うでしょうから」

領主と族長。住民の多寡はあれど、同じ目線に立っているからこそ、彼らの苦悩は痛いほどよくわかる。

一族のためを思うがゆえ、族長とその息子なんていうエライさん自らが、こんな所までわざわざ出向いて来てるんだろうしな。

「……家畜はいらんが水や食糧は拠出してくださる……。それは辛い立場のこちらとしては願ってもない話ではあるが……。うむぅ……、しかしそれではあまりに我が方に有利な条件ではないかね？」

バゼルは太い腕を組んで、眉根を寄せた。

甘い話に裏があるのでは……？　と、かなり勘繰っている様子だ。

俺は続ける。

「……信じていただくしかありませんが、我々は弱みに付け込んでまで利を得ようとは考えておりません。そんなことをしても、お互い将来に禍根を残すだけでしょうしね。ですので、当家の望む報酬はただ一つ」

「……？」

状況が飲み込めないバゼルとセルジに対し、俺はニヤリと笑って人差し指を立てる。

「問題解決後、ブリヤート族の皆様との対等かつ継続的な交易、そして、後世に至るまでの友好関係を望みます」

ふ……、ふっふっふ……。は――っはっはっはっはぁ！

ちょこっと羊を貰ったところで、刈れる毛の量なんてたかが知れてるし、何年かしたらジンギスカンになってさいならだろ？

しか――し、継続的な交易を行うことができれば、羊毛なんかいくらでも手に入るし、そして何より……。

（エリーにふっかふかのセーターを着せてやれるじゃないか！　なっはっはっはっは‼）

これは決定事項だ、異論は許さない！

ふかふかで、ぶかぶかのセーターを着たエリーが、上目遣いで『おにたま、温かいです』なんて言ってくれた日にゃあ……。

ぴゃあ～、レイン君、サイコ――！　エリーのセーター姿、サイコ――！

「おぉ……、なんということだ……。利発な少年だとは思っていたが、そのように友愛の情まで持ち合わせていたとは……。うぅ、ぐす……。わしは、このわしは感服したぞ。心より感謝する……。グレンフィード殿そしてレインフォード殿、ぜひともそのように取り計らっていただきたい。よろしく頼む……」

おぉ……、か、感動して涙ぐんでらっしゃるところなんですが……。

すみません、正直友愛というよりも、けっこう私利私欲に走ってました……、すみません。

そんな俺の打算など露知らず、バゼルは涙を流しながら再び深々と頭を下げた。

そんなバゼルの様子に、少し遅れてセルジも慌てて頭を下げる。

「……ふふふ……、グレンフィード殿。このように立派な跡継がおれば、プラウドロード家は安泰ですな？」

交渉ごとが一段落し、場は少し和やかな雰囲気となる。

「そうですな。しかし時折危なっかしい……、いや冗談抜きで本当にあらゆる面で危険なところは多々ありますが、なかなか立派に育ってくれていると思います……よ？」

おいマッチョ父、ちょっとおかしくない？　何で最後疑問形なんだよ。

まあ独断専行で、後始末を全て父に丸投げ＆無茶振りしてるのは事実だけどね。

「いやぁグレンフィード殿、子供は少々わんぱくがすぎる程度がよい。……よいのだがなぁ……」

バゼルは、少し視線を落としながらため息をついた。

なぜか隣のセルジがビクッ！　と肩を揺らすが、その視線は下を向いたままだ。

「……先ほども話したとおり、我らブリヤート族はそのほとんどが戦士。部族においても己の強靭な肉体や戦いにおける強さが全てでしてな。とりわけ、わしのような族長という立場の者は、常に一族の誰よりも強く、皆の信頼と羨望の眼差しをその身に受けておらねばならん……」

まあ……、そりゃあね……。

そのドラ〇ンボールに出てくるブ〇リーみたいな肉体を見せつけられてなお、『族長の奴最近たるんどるから、一発かましたろかい！』って言う人はいないから普通、うん。

バゼルは、一層大きくため息をつくと、ふと横に座るセルジを見た。

「だがなぁ……。そんな勇士ひしめく一族の中で我が息子セルジは……、セルジはなぜか魔法使いとして生まれてしまったのだよ……」

セルジは青い顔をしながら肩を震わせていた。

（成程……。後継者問題勃発……、という訳か……）

ただの水不足解消や食糧支援だけならいざ知らず、何かまた面倒なことになりそうだなぁ……と、自らフラグを立てずにはいられない俺であった。

第九話 おいしい水をお届けします！

吹き抜ける風は涼やかに、俺の目の前にはどこまでも青空が広がっている。

そしてそんな青空とまるで対をなすように、淡い緑色の草原も果てしなく続いていた。

「シロ、すごいな！　このブリヤート大草原ってとこは！」

「ワンワン！　アオ――――ン！」

俺はシロに跨り、件の遊牧民族が暮らすというブリヤート大草原を疾走していた。

かなり走ったはずだが、成程、聞きしに勝る広大な草原だ。

大地は短い草花で余す所なく満たされているとともに、頬をくすぐるこの乾いた風の、なんと心地よいことか。

　俺の足代わりに長時間走りっぱなしのシロですら、ここまで思い切り駆けっこを楽しんだことはなかったのだろう、休息を取ることも忘れ、ひたすらに走り続けている。

　当のシロはというと、あえてジグザグに走ってみたり、小高い丘を見つけてはそこに登って大ジャンプで飛び降りてみたり、そして時にはわざわざ狼的な魔獣の群れを発見するや、眼をキラキラさせながらその中に飛び込んで群れごと吹き飛ばすなど、ブリヤート族の集落へ至る行程を、まるで小さな子供が遊ぶかの如く、とても楽しんでいる様子だった。

（念のため荷運びの馬車をうんと先に出発させておいてよかったというところか。シロがここまで楽しそうに走り続けるとは思わなかったからなぁ、下手すりゃ追い抜いちゃってたところだぜ。ま、いずれにしても俺は、長時間この毛並のモフモフ感を楽しむことができて、WINWINだがな、あぁMOHUMOHU……。シロのハードな動きで、若干ケツが痛いが……）


シロとのそんな旅の日々を楽しむこと三日、ふと一面淡い緑色の大草原において、白い建物がぽつぽつと建ち並ぶ様子が俺の視界に飛び込んできた。

いや、それを建物と呼ぶにはいささか語弊があるかもしれない。

それはかつて俺が生きていた世界では『ゲル』などという名で呼ばれていた、テントのような形をした遊牧民たちの可搬式住居で、それらがお互いに身を寄せ合うように集まり、中規模の集落を形成していたのだ。

「おぉ！　遠路はるばるよく来てくれたなレインフォード殿。皆お主の到着を今か今かと待ち望んでおったぞ」

「これはこれは、族長のバゼル殿自らがお出迎えくださるとは、過分な取り計らい痛み入ります」

俺は集落の出入口でシロから降りると、ペコリと一礼する。

こっそりお尻をさすることも忘れない。いてて……。

「おぉ、お前は確かレインフォード殿の所のシロだったか？　がはははは！　ちょっとお前、犬には見えんぞ～？　だがお前も息災なようで何よりだな」

そんな風に大声で笑いながら、バゼルはシロの頭や首元をワシャワシャする。

シロの方もまんざらでもないのか、とても気持ちよさそうにブンブンとシッポを振っている。

また集落の周りをよく見ると、そこには老若男女の区別などなく、たくさんの人たちが笑顔で手を振って俺を迎えてくれていた。

もちろんその中には、先日バゼルと一緒にうちの家を訪ねて来た、族長の息子セルジの姿もある。

だがその表情は、明るい村人たちとは対照的に、どこか影が差したような取って付けたような笑みを貼り付けているだけのものだった。

（……まあ、俺があれこれ考えても仕方ないよなぁ。こういうのは本人の気持ちだし）

いやぁ、しかしそんなセルジのことより、救援物資の搬送込みとはいえ、これだけ歓迎されると、なんだかすごく照れるなぁ。でへへへへ……。

先日（けっこう強制的に）連れていかれた某森の奥地の村じゃ、いきなり弓矢と殺意で手厚い歓待を受けたもんなぁ……。

（ははは、まったくえらい違いだぜ。みんな元気にしてんのかな？）

俺はそんなことを考えながら、ついさっき到着したという荷物搬送の馬車から積荷を下ろしてもらうと、そのままＵターンでプラウドロード領へと帰ってもらった。

御者に関しては、既にマッチョ父から相応の依頼料は貰っていたことだろうが、無理を言って出発の日程を繰り上げてもらった分、俺からもお心付を渡すとそれはそれは上機嫌だった。

「おぉ、すまぬな。こんなにも多くの食糧を。……ん？　これは何だ？　このような赤い作物は見たことがないな。ほう、手触りもなんと柔らかいことか……。これは何という果物だ？」

　集落へと搬入した木箱の中から、早速バゼルがトマートを取り出してガン見している。

（ふむ、やっぱり草原の気候じゃあ、イモの類とか羊の乳なんかが主食になるのかなぁ）

「バゼル殿、それはトマートという野菜です。たくさん持参してありますので、ぜひそのまま食べてみてください」

「こ、これが野菜だと⁉　うむ……、わしが知っている野菜とは些か違う気がするが……。レインフォード殿、これは何というか、あまりにも赤すぎる気がするんだが、実は苦かったりしないだろうな……？」

　そう言いながら、恐る恐るトマートに噛り付いたバゼルは、次の瞬間、大きく目を見開いて大声で叫び始めた。

「な⁉　なな、何だこれは⁉　これが果実でなく野菜だと⁉　こ、このように甘く瑞々しい野菜がこの世に存在したのか‼」

　あっはっはっは。

バゼルは一瞬で、プラウドロード産トマートの虜になったようだ。

まあ、某貴族のエライさんにも、うちのトマートで餌付けされている奴もいることだしな。

「たくさん持ってきていますので、残りは村の皆様の方で分けてください。あとバゼル殿、皆さんも僕のことは気軽にレインと呼んでください。ここは公の応接室じゃないし、これから僕もここでしばらくお世話になります。お互い、あまり気を遣わないでいきたいんです」

　俺がそう言って木箱を差し出すと、若い男性や女性が笑顔でお礼を言いながら、全ての物資を運んでいった。

「おぉ、そうか、承知した。それではそのように取り計らおう。おい！　子供たちもこっちへ来なさい。レイン殿がたくさんの食糧を持ってきてくれているぞ！」

　バゼルがそう言うと、最初はもじもじしていた集落の子供たちも安心したのか、すぐに俺たちの方へと駆け寄ってくる。

　だがもちろん、子供たちが興味津々なのは、見た目が同い年くらいの俺……などではなく、真っ白い毛並のモフモフシロだった。

「わぁ〜〜〜!!」

「ワフッ!?　ワンワン!?　クゥ〜ン、クゥ〜ン……」

　シロも空気を読んでくれたのか、大勢のパワフルな子供たちにもみくちゃにされながら、半ば強制的に集落の奥へと連行されていった。

　思い出すなぁ、俺も学生時代の夏休み、イベントの着ぐるみの中に入って子供たちと遊ぶバイトをしたけど、あれはまさに地獄だった……。

　すまんシロ！　俺たちの第一印象を良くするため、なんとか踏ん張ってくれ（合掌）。

「……と、ところでレイン殿……、つかぬことを聞くが……。水……、水は……ないのかね？」

　一通りの荷物の仕分けが終わった頃、ふとバゼルが俺に尋ねてきた。

「え、水ですか？　水は持ってきてませんよ？　すごく重いしかさばるので」

　俺の言葉を聞いたバゼルや他の村人たちは、途端に肩を落とし、見るからに落胆している。

「……そ、そうか、水はないか……。むぅ……、致し方あるまい……。確かにあれほどの食糧を積んでしまえば、さらに水を運ぶ余裕などはあるまいな……」

　バゼルが、その大きなマッチョ体型に見合わない元気のない声でつぶやくと、先ほどまで盛り上がっていた集落の空気は一気にしぼんでしまった。

「レイン殿、少しいいだろうか」

　その時、族長の息子セルジが俺の前に立ちはだかった。

　彼の目には、どう見ても友好的な色はなく、俺に対する怒りすら滲んでいるように感じられた。

「やめんか、セルジ。下がれ、下がらんか！」

「父上……、いえ、族長、ここは言わせてもらいます!!　我々はこの前に説明したはず！　にもかかわらず、一滴の水も持参していないというのはおかしいでしょう!?　確かに多くの食糧はありがたいが、肝心の水がなければどうしようもないではありませんか!!」

　バゼルも困惑するぐらい、セルジはすごい剣幕で捲し立てる。

　まあセルジからすれば、わざわざ父親と一緒にうちを訪ねてきて頭まで下げたのに、肝心の水がないとなると、怒るのも無理はないだろう。

（逆に言えば、それだけ真剣に部族のことを考えてるってことだよな。いい奴じゃん、セルジ）

……しかしそこはそれ。そんなしょうもないミスをする俺ではないのだ！

「いいえ、セルジ殿。水は持ってこなかったのではなく、持ってくる必要がなかったんですよ、最初からね」

俺はにっこり笑ってセルジを見た。

「な、何⁉　それは一体どういう……」

「ですから、水なんてわざわざ持ってこなくても、いくらでも僕が創り出せますからね」

「つ、創る……？　創るとは一体どういうことかね？　もしやレイン殿が水を……？」

バゼルは片方の眉を上げ、わけがわからないといった様子で俺を見る。

しかし、そこですかさずセルジが口を挟み、大袈裟にため息をつく。

「レイン殿……。あいにくだが一個人の水魔法で賄えるような人数じゃないんだ。……はぁ、せっかく来てくれるなら、食糧の半分ほどでもいいから、水を持参してほしかったものだ……」

おそらく魔法使いのセルジは、すぐに俺の言葉の意味が理解できたのだろう。

ちょっとカチンとくる仕草と物言いだが、まあそう思うのも無理はない。

元々水不足に困ってうちを訪ねてきたんだし、きっと彼は彼なりに自らの魔法で集落のためにできることをしようとしたのだろう。

「成程。ところでセルジ殿、話は変わりますが、あちらに複数置かれている大きな水瓶は、村の中で水を貯めておくための物ですか？」

「うん……？　あ、あぁ、そのとおりだ。ただ今回水を貰えなかったこともあり、水瓶の中にはこれっぽっちも水は入ってないがな」

俺はセルジの皮肉をスルーしつつ、水瓶の数を数えてみる。

えーっと……？　一、二、三……、見える範囲では十個ぐらいか。

ははは、よしよし、ちょうど両手の指と同じ数じゃん。

んじゃま、早々に皆さんの心配を吹き飛ばすとしますか！

「わかりました。ではまず手始めに、目に見えるところから解決していきましょう」

「……ん？　おい、レイン殿？　一体何を……？」

セルジが何か言いかけたが俺は特にそれに答えず、身体の中で水の魔力を練り込み始める。

（さあ、しっかりとイメージしなきゃな。これはこの集落全員の喉を潤す、大事な水だ……）

そんなことを考えながら、俺は水のイメージを始める。

（天からの恵みの雨……。やがて雨水は山に溶け込み、ろ過され、岩間より湧き出す。……どこまでもどこまでも透き通った、……甘く清らかな水!!）

俺は、清らかな水を強くイメージするとともに、練り込んだ水の魔力を身体の真横に突き出した、両手の十本の指へと集中させていく。

（ま、ここは任せてもらおうか。必ずや、俺が大好きだったクリス○ルガイザーみたいなおいしい水を届けてやるからさ！）

しばらくすると俺の指先に、ビー玉ぐらいの大きさの水の玉が顕れた。

「……な、何だと……!?　そ、そんなバカな！　詠唱もなしに魔法が……!?」

それを見たセルジは驚きの表情を浮かべるとともに、絶句して俺の顔と指先とを交互に見つめている。

ふふふ、驚いてらっしゃるところ悪いけど、もちろん、俺の魔法がビー玉程度の大きさで終わるはずがないよね！

続いて俺が軽く手首を上に振ると、水の玉はゆっくりと俺の指先から離れ、少しずつ少しずつ上昇して高度を上げていく。……どんどんと膨れ上がりながら。

そんな不思議な光景を見ていたバゼルや他の集落の人間たちもまた言葉を失い、まるでそのまま天へと上っていくかのような水の玉に、その視線を集中させていた。

そしてその瞬間は訪れる。

「せ～の～……それっ！　まずは水瓶を満タンに‼」

ドッパァ――ン！

ドパパパパパパァン‼

俺は空に浮かべていた巨大な十個の水の玉を解き放ち、目に見える範囲に置かれていた、同じく十個の水瓶に対し、そのままナイスシュートしたのだった。

空っぽだった水瓶が、みるみるうちに溢れんばかりの水で満たされてゆく。

「……そ、そんなバカな……。こんなことが……」

セルジは驚愕に目を見開くとともに、あまりの驚きように、逆にその表情がやや青ざめているほどだ。

俺の曲芸じみた水魔法の行使に族長のバゼルを含め、その場の誰もがぴくりとも動かず一言も発することができずにいた。

（あれれ、もしかしてちょっとやりすぎた……？　普通に水を入れるべきだったかな？）

しかしそんな俺の心配をよそに、一人の女性がゆっくりと前に出た。

丁寧な細工の施された長剣を腰から提げ、一見してセルジよりも年下に見える若い女性が、おもむろに近くにあった水瓶に近づき、設置されていた柄杓で水を汲むと、迷うことなくそれを飲み始めたではないか。

そんな女性の様子を、集落の人々は固唾を飲んで見守っている。

だが次の瞬間、女性は満面の笑みを浮かべると、声高に叫んだ。

「わっは～!!　超うまいよこれ!!　こんなうまい水、あたし初めて飲んだぞ！」

女性は歓喜の声を上げながら、続けて二杯、三杯と、どんどん水を飲んでいく。

（おお、いい飲みっぷり！　駆けつけ一杯！　ってかんじ？）

「……ホ、ホラン……!?　お前、そんな軽率な……！　だ、大丈夫なのか……!?」

セルジが、ホランと呼ばれた女性に向かって不安そうに語りかけた。

だが、そんな風に水をがぶ飲みするホランの様子を見た他の人たちも我に返ったのか、今度は我先にと水瓶に駆け寄り、水を飲んでいく。

「う、うまい!?　何だこれは!!」

「なんて透き通った水なの……？　綺麗……」

「いや、この水、むしろ甘くさえ感じるぞ……？　う、うまい……うますぎる！」

集落のみんなが水を飲む。遠慮なく、とめどなく、それこそ浴びるようにという表現が適切だろう。

大人も、子供も、男も女も若者や年寄りだって関係ない。

最後は、全員が涙を流しながら水を飲んでいた。

その様子をじっと見守っていたバゼルは、最後に自らもゆっくりと柄杓に手を伸ばすと、グイッと水を呷った。

「――――!!」

バゼルはそのまま無言で天を仰ぐ。

(あ……)

バゼルの目から次々に大粒の涙が零れ落ちてゆく。

「か、感謝する……、感謝するぞ、レイン殿……。我らは、ブリヤートの民は、救われた……！」

バゼルは俺に対して深々と頭を下げる。

そんなバゼルに倣ったかのように、他の村人たちも全員俺に向かって頭を下げた。

「ちょっ……、そ、そんなにかしこまらないでくださいよ、皆さん！　困った時はお互い様じゃないですか。僕は元々そのためにここに来たわけですし」

もちろん、ふわふわセーターを手に入れるためでもあるしね！

「そうだ！　せっかく皆さんの喉も潤ったことですし、もひとついっときましょうか！」

俺はさらに水の魔力を身体の中で練り込むとともに、併せて風の魔力も加えていく。

（身体の渇きは取り除かれたんだ、なら今度は心の渇きも癒すことができれば……）

俺はスッと右手を天へとかざし、手の平に魔力を集中させると、それを一気に解放する。

「そ〜〜……れっ！」

次の瞬間、俺は右手から上空に向け、膨大な量の水を打ち上げた。

バゼルやホランを含め、その場にいた全員が大きく目を見開き、まるで龍のように空高く昇っていく水柱を見守る。

だが彼らの目には、つい先ほどまでのような悲壮感や焦燥感はない。

次は何が起こるの？　という、キラキラした子供のような期待に満ち満ちた目だ。

……まあ某セルジだけは、戸惑いと猜疑心が同居したような目をしているが俺は気にしない。

ポツ……ポツ……。

パラ、パラパラパラパラ……。

サアアァァァァ…………。

少し遅れて、上空から霧雨の如く澄んだ水が降り注いだ。

水と風の魔力をかなり練り込んだため、この集落は言うに及ばず、付近一帯の全ての生命が、恵みの雨を享受する。

「わあぁぁぁ―――‼」

集落中がたくさんの笑顔と歓喜の声で満たされ、中には踊りだす者まで出始めた。

「なんて気持ちいいんだ！　すげえな、お前！　水を創り出せるだけじゃなく、天気まで変えられんのか⁉」

　両手を広げてくるくると回り、その身に余すところなく霧雨を受けながら、満面の笑みでホランはそう叫んだ。

　俺はにっこりと笑い、ゆっくりと首を横に振る。

「いいえ、そんな大それたことはできません。僕はただ、水の魔法を上空に打ち上げた後、風の魔法を使って広くそれを拡散させただけですよ。ちゃんとした雨には遠く及びませんが、少しでも皆さんに楽しんでもらえればと思いまして」

「へぇ、何言ってるか全然わかんねぇが、とにかく魔法使いってすげえんだな！　……あぁ、でもうちの兄貴も魔法使いだけど、お前みたいなことはできねぇけどな……？」

「お兄さん、ですか？　う～ん、どうですかねぇ……。でもちゃんと訓練すれば、あるいは……」

　ホランの質問に対し、俺はちょっと考えてそう答えた。

　言われてみれば、確かに俺は誰かに魔法を教えたことはない。

　マッチョ父は普段魔法のまの字も見せないし、ゆるふわ母に至ってはそもそも俺が教えることなんて何もないだろう。

（ふ～む、けどいつか誰かに魔法の訓練を施す機会があるかもしれないし、俺以外でも無詠唱魔法を使えるかどうか、確認しておく必要がある気もするなぁ）

そんな俺とホランの会話に、先ほどから死んだ魚のような目をしていたセルジが割り込んできた。

「ふ……ふざけるな、ふざけるなバカ野郎‼　これが魔法だと……⁉　ホラン、そいつの話を真に受けるな！」

「あ……兄貴、何だよ藪から棒に。こいつはあたしたちの村を助けてくれたんだぜ？」

（んん？　兄貴……？）

あ、成程！　そうか、ホランが言った魔法使いの兄貴ってセルジのことだったのか。

何だなんだおい、セルジィ。お前俺と一緒で妹がいたのかよ。

うんうん、何だかお前って俺と同じく小物臭がぷんぷんするし、ちょっと親近感が湧いちゃうなぁ、なははは。

「な、何だお前、ニヤニヤして……。いや、そんなことよりも、魔法を使ったと言いながら、さっきから魔法詠唱だって一切していなかったじゃないか‼　これはきっと何かの間違いか、変な偶然が重なったにすぎないんだ‼」

セルジは俺に向かって、ああでもないこうでもないと、何やら捲し立てている。

「いや、そんなこと僕に言われましても……」

「ま、魔法使いは……、魔法使いって生き物は、屈強な戦士の足元にも及ばない弱い存在で、皆の耐え難い渇きを潤してやることもできない役立たずのはずだろう……？　そうでなければ、そうあってくれなければ……、俺は、俺は……！」

セルジは真っ青な顔でそうつぶやくと、そのまま集落の奥へ走っていってしまった。

「ちょっ……、どこ行くんだよ!?　兄貴!!」

「……」

俺は、走り去る兄の後ろ姿を心配そうに見つめるホランを見て大きくため息をついた。

(劣等感に押しつぶされて、妹を不安にさせる兄……か。こりゃちょっと問題だな……)

「す、すまねぇな……。えっと……」

「レインフォード・プラウドロードと申します。レイン、とでも呼んでください、ホラン殿」

「そっか。すまねぇな、レイン……。兄貴の奴、昔はあんなじゃなかったんだけど……。やっぱ自分が魔法使いってこと気にしてんのな……」

「……」

「おお、あれを見ろ！　すごいぞ、虹だ！」

誰かの声につられ、ホランと俺は空を見上げる。

そこに描かれていたのは大きな虹だった。

俺が打ち上げて拡散させた水が太陽の光を反射し、虹の橋が架かったのだろう。

その場のブリヤート族全員が、美しい七色のアーチに目を奪われていた。

(……この虹が、ブリヤート族とプラウドロード家との架け橋になればいいんだけどな……)

虹はただただ美しかった。

だがそのあまりの美しさゆえか、俺は何か言い知れぬ不安を感じてしまっていた。

第十話　地龍に乗る男

……ドドド……。

「ん？」

最初、それは風の音かと思った。

だがそれは、遠くから響く地鳴りのようにも聞こえ、鳴りやむ気配もない。

「んん～？　ホラン殿、何か音が聞こえないですか？」

俺は側にいたホランにふと尋ねたが、ホランは遠くを見つめたまま何も答えない。

降り注ぐ水が止んだ後も、集落の上で弧を描く虹は、未だに幻想的な風景を残していた。

しかし間もなく、そんな情景にはあまりにもふさわしくない、まるで大地を揺るがすような轟音が周囲に響き始めた。

ドドドドドドドドドドド!!

音はまっすぐに、この集落を目指して近づいてくる。

おいおい、やっぱこれ風じゃないよね？

何かもう変な振動が、腹にぐっときてるし……。

「な、何だなんだ!?　何か来ますよ!?」

俺は村の入口の方へと視線をやる。

そこから遠く、地平線の彼方に見えたもの、それは——。

「あれは……、地龍⁉　しかも、すごい数……‼」

どんどん近づいて来るその地龍たちは、一頭や二頭ではなく、おそらく少なくとも三十〜四十頭はいるぞ……？

「あっ⁉　まずい‼　あれはバートルだ‼　バカのバートルが帰ってきた‼」

ホランは怪訝な顔で、地龍たちを見ながらそう叫んだ。

うん？　誰か知り合いが帰って来たような口ぶりだが……？

しかしそれにしても、何てド迫力！　これがブリヤートの誇る地龍軍団か……！

「賊か————っっ‼」

押し寄せる地龍の中でも先頭を切って走る飛びぬけて速い一頭の地龍、さらにその地龍の上には、筋骨隆々の若い男が乗っていた。

男は何を思ったのか、大声を張り上げながらこちらへ向かってくる。

「……貴様は、いずこの賊かぁ——‼」

さらに男は俺の姿を見るや、地龍を急速に方向転換させ、ピンポイントに俺をロックオンして猛進してくるではないか。

「あれ……？　あれあれ⁉　ちょっ、もしかしてあの人、何か勘違いしてませんかねぇ⁉」

ちょっ、何考えてんのあの人⁉　こんなキュートな男の子が賊なわけないだろうが⁉

俺はそのあまりの迫力に、引きつった笑いを浮かべながら後ずさる。

だが男は、その勢いを些かも衰えさせることなく、さらに腰から提げた巨大な斧を右手に持つと、なんと乗っていた地龍の背中から高く跳躍した。

そして、空中において把持していた斧を天高く振り上げると、落下の勢いそのままに俺の方へと一直線に向かってくるではないか。

（……うお――い、じょ、冗談だろぉ⁉）

「うおりゃあああぁぁぁぁ‼」

斧男はものすごい形相で俺へと迫り来る、……いや、最早これは降り注ぐとか飛来するとか、そういった物理的な表現の方が正しいかもしれない。

これは漫画とかでよくあるような、俺の顔の前で巨大な斧を寸止めして、『貴様ぁ、なぜ避けぬぅ……？』『……ふっ、お前の一撃に殺気が感じられなかったからな……』なんて言い合うような展開じゃない。

っていうかむしろ、殺気しか感じらんねぇわ！

このままだと俺、確実に頭パッカ～ン！　だよねぇ⁉

「ま、待て……‼　やめんか‼　バートル――‼」

バゼルが鬼気迫る表情で叫んだ。

だが最早、斧男は止まらない。

いかん……、このままでは、左うちわ食っちゃ寝生活を満喫できないまま、終わった！　第一部完！　になってしまう……。

（……だが断る！　そんな事態は断固阻止だ！）

俺は瞬時に無属性魔力を身体の中で練り込むと、それを高速度で集中・循環させ、身体強化を行う。

ゆるふわ母の強化ケツビンタの恐怖の記憶が、頭と尻をよぎるのはご愛嬌。

その刹那、俺に向かって凄まじい勢いで巨大な戦斧が振り下ろされた。

そこにいた誰もが、不可避の惨劇に目を覆った……のだが。

ガキィィィ――ン‼

「ぬおっ……⁉」

激しい金属音とほぼ同時に、斧男の驚く声が響いた。

俺の方はというと、どうやら十三日の金曜日にどこからともなく現れるホッケーマスクのおじさんが巻き起こす陰惨な光景がそこに……！　と、いうような事態に陥ることはなかったらしい。

だがそこで俺の目に映ったのは、想像の右斜め上をいく、さらに荒唐無稽な光景だった。

なんと先ほどまで俺と話をしていたホランが一瞬のうちに剣を抜き、斧男の強烈な一撃をその細腕で受け止めていたのだ。

（……おぉ、助かったぁ！　しかし、これはまた……）

「……こんの、バカバートル‼　集落の恩人に何やってんだお前ぇ‼」

ホランは巨大な戦斧を受け止めたまま、目の前のバートルと呼ばれた斧男を怒鳴りつけた。

バートルも負けじと返す。

「何で止める⁉　遠くからここが真っ白に霞んでる様子が見えたんだぞ⁉　ついに帝国の奴らが攻めてきて、妙な魔法でも使ったんじゃねえのかよ⁉」

だがバートルは、ホランの剣圧に押されて小刻みに震えながら、徐々にその身体を後退させてゆく。

（す、すげぇなホラン……。バートルを押してるぞ……？）

そしてホランが再び何か叫ぼうとした、その瞬間――。

「ぶわっかもぉ――――ん‼」

ゴキュッ！　メキィッ‼

「あ痛ぁ⁉」

思わず顔を顰めてしまうようなものすごい音とともに、バゼルがバートルの頭に思いっ切り拳骨を落としたのだ。

バートルは思わず斧を取り落とし、脳天を押さえながら両膝を突いた。

ひえぇ……、あ、あいつ大丈夫か……？　ず、頭蓋骨陥没してるんじゃ……？

にしても、族長バゼルの拳……、下手な鈍器より痛そうなんだが……。

「いってぇ～～……。ちょっ、何しやがるんだ……、族長よぉ……」

バートルは涙目でバゼルの方を見る。

「……ゲギャァァ……」

先ほどバートルが騎乗していた地龍も、心配そうな様子でバートルに近寄ってきた。

（おぉ……。主人と違って、地龍は賢そうな感じ……。あいつを心配してんのな……）

いやん！　何かキュンときた。地龍ってかわいい……。

「何しやがる……ではないわ！　バカ者が‼　お前はもう少しで村の恩人を殺すところだったのだぞ！」

バゼルは、すごい剣幕でバートルを怒鳴りつける。

その様子を見たホランは安心したのか、大きくため息をつきながら剣を鞘に収めた。

「え、恩人……？　じゃ、じゃあもしかして……、あのちっこいのが、例の魔法使いかよ？」

バートルは片眉を上げ、いかにも疑わしそうに俺を見た。

……ああ、ちっこいちんちくりんですとも。

でもあと何年かすれば、きっと色々な部分も含めて大きく成長するんだからね！

「……ど、どうもはじめまして。僕はレインフォード・プラウドロードと申します。この度は、父グレンフィードの命を受け、微力ながらブリヤート族の皆様にお力添えをすべく、まかり越した次第です」

「……マジかよ……。じゃあもしかして、さっき俺が外から見た白いモヤみてぇなのは……」

「ご推察のとおり、僕の水魔法です。ブリヤート族の皆様に喜んでもらおうと思い、些か調子に乗ってしまいましたね」

「へぇ……？　すげぇな、お前みたいなちっこいのがあれを……か？」

バートルは肩をすくめ、信じられないといった様子で俺を見た。

それを見たホランは、俺が魔法で創り出した水を、柄杓に掬ってバートルに差し出す。

「ほら、信じられないと思うならさ、まずはこれを飲んでみなよ。そこのレインが創り出した水さ」

バートルが話し終わるのを待たず、しびれを切らしたホランが柄杓を無理矢理その口に持っていく。

「みっ、水だとぉ!?　おいおいマジかよ、そのちっこいのがこのみぶっ……！」

……み、見ようによっては口元に持っていったというよりも、ぶ、ぶん殴ったように……。

「ガボガボ……！　ごほっ！　ごっほぉ!!　ななな、何しやがるんだてめぇホラン!!」

「うっせぇ、バーカ！　で、どうなんだよ？　水を飲んだ感想は」

「あぁ？　あぁ、水、水か。そう言えば……、な、何だこの水……。う……うめぇ!?　めちゃくちゃうめぇぇぇぇぇ――!!」

バートルは手渡された柄杓を傾けると、そこに残った水を一気に喉の奥へと流し込んだ。

そして目を白黒させながら俺の方を見る。

「す、すげぇな、お前。こいつはお前の魔法……、なんだよな？」

うん？　どういう意味だ……？

「は、はぁ……。そのとおり、僕の水魔法ですが、それが何か？」

「いや、そ……、そうだよな……」

バートルは、いつの間にか族長の後ろで不安そうに状況を見守っていたセルジの方を見たかと思うと、なぜか突然笑い出したではないか。

「は――っはっはっはっはっはっ‼　そうだよ！　そりゃそうだぜ‼　落ちこぼれ魔法使いのセルジにゃあ、こんなすげぇことはできっこねぇもんなぁ‼」

「……！」

な、何だ？　あいついきなりセルジを思いっ切り馬鹿にし始めたぞ？

「おいバートル、てめぇ！　兄貴の悪口言うのはやめろっていつも言ってんだろうが‼」

ガバッ！　っとホランがバートルの胸倉を掴み、まるで首を絞めるような格好になった。

しかしバートルは、一向に気にする様子はない。

それどころか、さらに声高にセルジを罵倒する。

「おいセルジよぉ、お前のせいだぜ？　お前が弱っちくて役に立たねぇ魔法使いだからよぉ、こんなよその国のちんちくりんに頼らなきゃならん羽目になったんだぞ。わかってんのか、このくそがっ！」

「バ、バートル⁉　てめぇ――‼」

悪態つくバートルに、ホランがさらに声を荒らげる。

（……まあ、俺は部族のことに何か口を挟めるような立場でもないしな……）

ここは静観しておくとしよう、ちんちくりんだし。

「父さんも何とか言ってくれよ！　これじゃ兄貴が……！」

ホランはバートルの胸倉を掴んだまま、振り返ってバゼルの方を見た。

だが当のバゼルは、ゆっくりと首を横に振って答える。

「わかっている、セルジが悪いわけではない。……悪いわけではないが、やはりバートルの言うことも一理ある。現にバートルは、地龍騎兵隊を率いてブリヤート大草原に巣食う魔獣を、適宜駆逐してくれておる。また、帝国の奴らが妙な真似をしないよう、国境付近で睨みを利かせてくれているのもバートルだ。こと強さと力においては、セルジはバートルには遠く及ばぬからな」

「ゲギャア」

「ゲギャア、ゲギャア」

いつの間にか、バートル率いる他の地龍騎兵隊も集落に戻ってきていた。

いずれも屈強なマッチョボディをもつムキムキマンたちが地龍に乗っかり、それぞれ剣・槍・斧など、思い思いの武器を腰から提げている。

(成程……、聞きしに勝るとはまさにこれか。このブリヤート族自慢の地龍軍団を前にした時の迫力とその戦闘力たるや、想像するだけで恐ろしいぜ)

さすがにこれだけの地龍が集まると、最早壮観としか言いようがない。

うんうん、げぎゃぁげぎゃあ。

「ホラン……、いいんだ。やめてくれ。父上やバートルの言うとおりだ……。俺は力もないし、レイン殿のような皆の役に立つ魔法だって使えやしない……。本当にどうしようもない人間なのさ……」

「あ……兄貴……」

セルジはがっくりと肩を落とし、再び集落の奥へと消えてしまった。

去り行くその背中が、ひどく物悲しい。

ホランは心配そうにその後ろ姿をじっと見つめていた。

「……ちぃっ……」

バートルも一つ舌打ちして、セルジから目を逸らす。

（あれ……？）

一瞬……。

ほんの一瞬だが、暴言を吐いていたバートルが、すごく悲しそうな目をしたように見えたのは、俺の気のせいだろうか……？

「すまんな、レイン殿。見苦しいところを見せた」

バゼルは一連のやり取りを申し訳なく思ったのか、俺に頭を下げた。

「いえ、特には」

「うむ、内輪の情けない話だからな、軽く流しておいてもらえると助かる。さぁ！　皆もそれぞれ仕事に戻れ。そして今宵は宴だぞ‼　せっかくレイン殿が貴重な水や素晴らしい食糧を持ってきてくれたのだ。ブリヤート族の名に恥じぬ歓待をせねば、末代までの恥となろうぞ‼」

「……おお……、おおおおお‼」

「これは久し振りに、酒が飲めるぞ‼」

バゼルの一言で集落は再び活気を取り戻し、全員が笑顔でそれぞれ持ち場へと散っていった。

ほっほう～、さすがは族長。

そのカリスマ性と信頼の厚さには素直に脱帽だぜ。

「おい！　聞いたかお前ら、今日は宴会だとよ‼　そうと決まれば俺たちゃ酒の準備だ！　地龍たちも、たまにはゆっくり休ましてやらねぇとな‼　はっはっはっはっはっ‼」

大声でそう叫ぶと、他の戦士たちとともにバートルも去っていった。

「はぁ……、悪かったねレイン。まったくバートルの奴ときたら……。あれはあれで、根は悪い奴じゃないんだけど……」

「いえいえ、こちらこそ危ないところを助けていただき、ありがとうございました」

俺はそう言ってホランに頭を下げてお礼を言った。

「うん……？　ふふふ……、本当にそう思ってるのか？　あたしが悪かったと言ったのは、お前がバートルの斧なんて、余裕でどうにかできたことに対してなんだけどね？」

ホランは悪戯っぽい笑みを浮かべながら左腕を前へ突き出すと、二の腕辺りをぽんぽんと右手で叩いてみせる。

「あたしだって戦士の端くれだからさ……。強ぇ奴を見ると、何かこう戦ってみたくなっちまうんだよ……」

「ははは、まさか。買いかぶりですよ、ホラン殿」

俺は頭を上げると、ホランに向かってにっこりと笑う。

勘弁してくれ。戦闘民族サ〇ヤ人かよ、お前たちは。

「あっはっはっはっ！　まあ、そういうことにしておくとしようか！　じゃあ、あたしも宴の準備に行くとするよ！　また後でね、レイン！」

頭の後ろで手を組んで立ち去っていくホランの後ろ姿を、俺は見送った。

（しかしあのホラン、あんな細腕でバートルの強烈な一撃を軽々と受け止めるとはな……。戦士というか、あれはまるで……）

「あぁ、レイン殿。宴の開始までそんなに時間はかからんだろう。案内を付けるから、適当に寛いでいてくれんか」

「お気遣い、痛み入ります」

俺は思考を止め、バゼルに頭を下げた。

（よし。そうと決まれば、まずは集落の子供たちに拿捕・連行されたシロでも探すか。きっとシロもいっぱい飯を食うだろうしな……って、うん？　何だ？）

俺は、ふと何かの気配を感じて空を見上げた。

「……鳥……、ですか？」

「……ん？　何かおったか？」

バゼルも俺と一緒になって上空を見る。

「いえ……、鳥か何かが飛んでたのかな……と」

俺はもう一度くるりと空を見渡すが、今は何も見えない。

どこまでも高く澄み切った青空が広がるばかりだ。

（一瞬だけど、何かに見られているような変な感じがしたが……、気のせいかな）

「ふむ、レイン殿。鳥と言えばな、この辺りでもうまい鳥が捕れてなぁ……」

「おぉ、そうなんですか！　実はうちの領内の森でもですねぇ……」

俺はバゼルと雑談を交わしつつ、集落の奥へと歩みを進めていった。

いやいや、今は鳥さんなんかよりも宴会だよな！

やべ～、めちゃくちゃ楽しみだな～。

うまい料理と、……あとちょっとだけ、お酒なんかも……。

だってゆるふわ母の監視が厳しくて、こっちの世界に来てからまだ一杯も飲んでやしないしね……。

せっかく用意していただいた宴席で酒を勧められたら、お断りするのも申し訳ないし……。ちょっとだけ、ちょっとだけだからね……。うひひひひひ……。

※※※

「……私の気配を察知したのか……？　……なかなかに鋭い少年だな……」

長い髪のその男は、ブリヤート族の集落から遠く離れた場所、正確に言えば、ブリヤート大草原とグレゴリウス帝国の国境付近の荒野に広がる岩場に立っていた。

「……まったく、あの少年も余計なことをしてくれる……。放っておけば、歴戦のブリヤート族といえども、飢えと渇きで勝手に滅び去ってくれたろうに……」

男はため息をつきながら眉を顰め、恨めしそうにつぶやいた。

「まあいい……。多少の水を得たところで、彼らはその生命線たる湖を失ったのだ。ブリヤート族は遠からず滅ぶこととなるだろう。……だがこれ以上邪魔をするなら、彼ら諸共、あの少年も……」

男はその身を翻し、岩場の奥へと消えてゆく。

様々な思惑が交錯するブリヤート大草原。

見渡す限りの広大な草原は、ただ静かに夜の帳に包まれていった。

幕間の物語

幼き日の誓い

「よし！　今なら地龍の所に誰もいないぞ！　早く来い、ホラン！　バートル！」

「オッケー、兄貴！　おいバートルも早く来いよ！」

「だ、大丈夫かなぁ……？　見つかったら、また怒られるよ？　セルジ……」

抜き足差し足で地龍の厩舎を進んでいく三人は、活発でいたずらっ子のセルジ、その妹で怖いもの知らずのホラン、そして怖がりだが読書家で手先の器用なバートルの三人組だ。

集落の中で毎日のように騒ぎを起こしては、族長のバゼルから拳骨を落とされていた彼らだが、それでもなお、その好奇心は止まるところを知らない。

いつの時代でもどこの世界でも、子供というものの特性は変わらないらしい。

「本当に地龍を盗み出すの……？　セルジ」

恐る恐る尋ねるバートルに、セルジは肩をすくめる。

「おい、バートル……。お前ちょっと言葉遣いが悪いな！　地龍を盗むんじゃなくて、散歩させるんだよ！　ほら見ろよあれ、せまい厩舎に繋がれて暇そうだろ？　俺たちが連れ出してやらないと、あいつらきっと退屈で死んじゃうぜ？」

「はぁ……」

バートルは大きくため息をついた。

「シッ！　兄貴もバートルも静かにしろって！　あたしたちだけで集落の外に出たり、ましてや勝手に地龍に乗るなんてことがバレたら、父さんの脳天拳骨フルコース三セットはくだらないぜ！」

「「ひぇっ……!?」」

セルジとバートルは、脳天からつま先までを突き抜けるようなその痛みを思い出し、咄嗟に両手で頭を押さえた。

そんな二人を無視してホランはズンズン進んでいき、やがて一頭の地龍の前に立った。

「おっ？　いい大きさじゃん！　こいつにしようぜ！」

悪ガキ三人組がそっと覗き込むと、縄で首輪を繋がれたまま眠っていた地龍がゆっくりと立ち上がる。

「ゲゲ……？　ゲギャア！　ゲギャァ!!」

「わわっ！　だめだよ、そんなに大きな声で鳴くと誰か来ちゃうよぉ!?」

焦ったバートルが手で地龍の口を押さえようとするが、背の高い地龍の口にはまったく届かない。

「シッ！　お前の声が一番でかいんだよ、バカバートル！　ほら、早く地龍の縄を切っちゃってよ！　あたしは地龍を閉じ込めてるこの柵をひっぺがしちまうからさ！」

「わ、わかったよぉ。……ふんぬぅぅぅ～～～、……ぬぁぁぁ!!」

ブチッ!!

「よぉいしょぉ～……っとぉ‼」

バキバキ！　メキメキメキィッ‼

バートルとホランは気合いとともに、力ずくで地龍を繋いでいた太いロープや鍵の掛かっていた木製の柵を捻じ切ってしまった。

「……相変わらずすげぇ力だな、お前ら……。ふ、ふんっ！　けど今に見てろよ！　俺だってちょっと鍛えれば、それぐらいできるようになるんだからな！」

「えっへん！　あたしにかかればこんな柵、あってないようなもんだからね！」

「……ぼ、僕はすごく手が痛いよぉ……、ひーん……」

真っ赤になった手にフーフーと息を吹きかけるバートルとは対照的に、ホランはにこにこ笑ってケロッとしていた。

「よしよし、いい子いい子。わぁ～……、地龍って近くでみるとやっぱでっかいなぁ……。おっと、そうだ！　早くコイツを引っ張り出さねぇとな！　準備はいいか、兄貴、バートル！」

「おお！」

「うん！」

ホランはこれまで一度も地龍に乗った経験はなかったが、設置されている鞍に颯爽と跨ると、天性の感覚で地龍を操り、前へと進み始めた。

そんなこんなで首尾よく地龍を盗……ではなく、散歩に連れ出した三人は、密かに集落を抜け出すと、夜の闇に包まれたブリヤート大草原へと駆け出すのだった。

集落からどれほど走っただろうか。

ゆっくりと空の向こうが白み始め、まもなく夜明けを迎えるであろうブリヤート大草原で、セルジ、ホラン、バートルの三人を乗せた地龍は、短い草の上を疾走している。

「ゲギャア！　ゲギャア‼」

「すっげえ！　やっぱ地龍の背中は気持ちいいな！」

地龍に巻かれた手綱をしっかりと握りしめていたセルジは、大はしゃぎでそう叫んだ。

「も、もう目的地に着くのか、兄貴⁉」

セルジとバートルに挟まれるように、鞍の真ん中に座っていたホランが尋ねた。

「もう少しだ！　このまま走ればきっと夜明けには間に合うぞ‼」

「そ、そっか。……何か悪かったなぁ、兄貴もバートルも。あたしが綺麗な日の出が見てみたいなんてわがまま言ったばっかりにさ……」

元気だったホランは、だんだんと集落から遠ざかっていくことに不安になってきたのか、やや小さな声で申し訳なさそうにそう言った。

「何言ってんだホラン！　妹の願いを叶えてやるのが兄貴ってもんだろう⁉　それとなく父さんにも聞いてみたが、この季節の日の出が、空気が澄んでいて一番いいらしいぜ！」

「はぁ……、僕は気持ちよく寝ていたところを、無理矢理起こされたんだけどなぁ……」

「嘘つけ！　バートルだって興味津々だっただろ！　本ばかり読んでてもピンとこないから、日の出を裁縫デザインの参考にしたいとかなんとか言ってたじゃないか！」

「うっ……。そっ、それはまあ、そうなんだけど……」

一番後ろに座っていたバートルは、セルジのツッコミに大きくため息をつきながら、ブツブツとつぶやく。

「……そ、それはいいとして。ところでセルジ、このまま進んで大丈夫なの？　どんどん集落から離れてくみたいだけど……」

「ははは！　もしかして魔獣が怖いのか、バートル。心配いらないさ、俺はひと月ほど前にも、夜間に父上と一緒に集落の外に出たが、大人たちが言うような魔獣なんて一匹もいなかったぜ？」

「そ、そう……？　ならいいんだけど……」

バートルは納得しつつも、不安そうにキョロキョロと周りを見回す。

「おぉ！　そんなことより着いたぞ、二人とも‼　湖だ‼」

「わぁ！」

「すごい……、ここが！」

地龍から降りた三人の目の前に姿を現したのは、それはそれは巨大な湖だった。

そこは広大なブリヤート大草原の中でも珍しい、小高い丘のような場所になっていて、まだ薄暗い中ではあるが、草原を吹き抜ける風の影響で湖の表面は大きく波打ち、ザザー……、ザザー……と、寄せては返してゆく小気味よい水の音が響いている。

「あたしも大人たちに聞いて回ったけど、ここから見える日の出がほんっと最高なんだって！　あぁ、楽しみだなぁ……」

先ほどまで不安そうにしていたホランだったが、目的地に到着するや、一転目をキラキラさせながら湖を眺めてはしゃいでいる。

「あぁ。ここまで三人で苦労して辿り着いたんだ。きっと最高だぜ！」

「ゲギャア、ゲギャア」

セルジは、ご褒美にと隠し持っていた干し肉を地龍に食べさせながら、ホランとバートルに笑いかけた。

「ハ……、ハ……、ハックション！　う〜、ちょっと寒いね……。日の出はいいけど、僕は来た道をまた戻ることを考えるとゾッとするよ……。水汲みに必要だとはいえ、大人たちはよく頻繁にこんなとこまで……」

地龍に乗って進んできた道のりを確認しようと、ふと後方を振り返ったバートルは、言葉を失った。

なぜかといえば、自分たちの目の前に……、いや、目の前ばかりでなく、まさに四方八方に鋭い牙を剥き出しにした、恐ろしい生き物が迫っていたからだ。

「グルルルル……！」

「ガルルルルゥ……‼」

「う、う……、うわあぁぁっ⁉　セルジ、ホラン、魔獣だ‼　きっとあれが、族長が言ってたステップコヨーテだぁ‼」

「なっ、何だって⁉　……うぉ、こいつら一体どっから……⁉」

「兄貴、やばい……。あたしたち、囲まれてる……」

　三人は咄嗟に、それぞれ地龍を背にしてステップコヨーテたちと向き合った。

「ゲギャア！　ゲギャアース‼」

　低い唸り声を上げて魔獣たちを威嚇する地龍だが、やはり多勢に無勢。

　ステップコヨーテたちは、その間合いを徐々に詰めてきている。

「くそっ……、何でだよ⁉　こないだは魔獣なんてまったく姿を見せなかったのに‼」

　複数で行軍する地龍と一頭で走る地龍とでは、同じ生き物であってもその威圧感はまったく違うもの。

　群れでの狩りに長けたステップコヨーテがその違いを見逃すはずもなかったが、あまりにも経験の浅いセルジは、その事実にまったく気が付いていなかった。

　側に落ちていた小石や棒切れで応戦する三人を嘲笑うかのように、ステップコヨーテは低い唸り声を上げて迫り来る。

　その時、ついに一匹のステップコヨーテが鋭い牙を剥き、バートルに向かって飛びかかった。

「うっ、うわあぁぁ⁉」

　バートルはあまりの恐怖に目を閉じると、大泣きしながらその場にしゃがみ込んでしまった。

　ブシュウゥゥゥ……！

その場に血煙が舞った。

「ガルアァァァ——‼」

吹き出した血の匂いに我を忘れるように、次々にステップコヨーテが襲いかかる！

ズブッ！

ブシャア‼

多量の血液が、まるで雨のように舞う。

血の雨を降らせる、とはまさにこのような状況を体現したものではなかろうか。

最早三人の命は絶望的かと思われたが……。

「はぁ……、はぁ……、はぁ……。いてて……、怪我はないか、ホラン、バートル……？」

「あ、兄貴……⁉」

「う、うわーんセルジ……、血が……。すごい血がぁ⁉」

しかしそうではなかった。

なんとセルジは一人、ホランとバートルを庇って、ステップコヨーテの牙を全てその身で受けていたのだ。

「セルジ……、何で……、どうやって……」

満身創痍で血まみれのセルジに、バートルは大泣きしながら叫んだ。

「ったりまえだろう……。俺は最強の族長バゼルの息子だぜ……？　へへへ……、こんな犬っころみたいな奴らの牙なんか、屁でもないってんだよ……」

朦朧とする意識の中、セルジは倒れそうになる度、自身の傷口を逆に気つけの材料とすることで、なんとか持ちこたえていたのだ。

「あ、兄貴……。うぅ、うわ～ん‼　兄貴ぃ‼」

バートルに続いて大泣きを始めたホランの頭の上に、セルジはぽんっと手を置いた。

「兄ちゃんが絶対、お前とバートルを守ってやるからな」

「セルジ……、セルジ……」

恐怖や悲しみで、最早まともに声を出すことができないバートルに対し、セルジはにやりと笑いかけると、ステップコヨーテの方へと歩いていく。

「スー……、ハー……、スー……、ハー……」

大きく二度深呼吸すると、セルジは牙を剥いてにじり寄る魔獣たちをキッと睨みつけた。

そして――。

「かかってこい、卑しい魔獣ども‼　ブリヤート族が族長バゼルの息子、この戦士セルジがいる限り、ここは一歩も通さねぇからなぁ――っ‼」

「「ガァッ……⁉」」

セルジはあらん限りの声でそう叫んだ。

あまりの殺気と鬼気迫るその表情に、さしものステップコヨーテも少々後ずさった。

……ここで死ぬかもしれない。けれど、たとえ自分は死んでも、妹のホランや親友のバートルだけは絶対に助けて見せる……、そう決意したセルジの決死の雄叫びだった。

その時、奇跡が起きた。

「――よく吠えた、セルジ。それに免じて、拳骨は三十発で勘弁しておいてやろう」

大きな手の平の感触を頭の上に感じた。

聞き覚えのある野太い声、いつも見ている丸太のような手足、そしてゆっくりと前に出ていくあまりにも大きなその背中に、セルジは溢れる涙を抑えられなかった。

「と、父さん――」

「小汚い魔獣ども‼　我が子らを傷つけたこと、地獄の底で後悔するがよいわ‼」

まるで戦いの神の如くステップコヨーテたちを倒していく父バゼルの姿と、無傷のホラン、バートルの姿に安堵したセルジは、そこで意識を手放した。

生きていられるなら、父さんの拳骨も悪くないかな……、そんなことを思いながら……。

「……はっ⁉　ホラン！　バートル！　……あいつつつ……！」

眩しい光に目を覚ましたセルジは、襲いくる激痛とともに全身包帯まみれの自分の姿を確認した。

近くには、自分たちが乗ってきた地龍と父バゼルが乗ってきたと思しき地龍が身を寄せ合って眠っている。

「俺……、生きてる……のか」

「兄貴！　兄貴‼　よかった……、兄貴ぃ……」

「うぅ、セルジ……！　やっと目を覚ました……、もう起きないのかと……‼」

仰向けに寝かされた自分の横に、大粒の涙を流すホランとバートルの姿が目に入った。

「目覚めたか、セルジ」

そこからしばらく離れた場所、湖の岸壁部分に、父であり最強の族長であるバゼルが背を向けて悠然と立っていた。

「父さん……、どうして俺たちがここにいるって……」

「ふっ……。地龍が一頭いなくなっていたこと、お前たちが日の出について集落で聞いて回っていたことを考えれば、どこで悪さをしているかぐらい、すぐにわかる」

「ご、ごめんなさい、父さん……。俺、言いつけを破って勝手に外へ出て、それでホランやバートルを危険に……さら……し……て。うぅ……」

今更ながらに、セルジは凄まじい恐怖と絶え間ない痛みで涙が止まらなくなっていた。

「ち、違うんだよ、父さん！　元々日の出が見たいっつったのはあたしなんだ！　兄貴は全然悪くないんだよ！」

「ぞ、族長‼　全部僕が悪いんです！　セルジやホランは全然悪くないんです！　僕が本ばかり読んでいても退屈だから、日の出を見に行こうって、二人を誘ったんです‼」

「……ホラン……、バートル……」

二人ともが涙に濡れながら、声にならない声で、バゼルに訴えかける。

そんな声にバゼルはゆっくりと振り向くと、優しい目で三人に語りかけた。

「ふん……、いたずら小僧どもめ。そんなに言い出しっぺが多くては、セルジ一人を罰することはできんな」

その時、これまでより一層眩しい光が湖の向こうから差してきた。

空と湖との境界が溶けてなくなって一つとなり、輝くような朝の光が四人を照らし出す。

「わぁ……、すげぇ……。あたしこんな綺麗なの初めて……」

「僕も……。こんなに素晴らしい光景が草原にあったんだね……」

「あぁ、そうだな……。すっげぇぜ……」

日の出の美しさに見とれる三人に、バゼルは静かに語りかけた。

「……さぁ、お前たちの望みどおり日の出だぞ？　我らブリヤートの民は、代々この湖によって生かされてきた。そんな湖から差すこの朝の光は、まさに我々の未来を照らしてくれる輝きよ……」

バゼルは続ける。

「古き時代から延々と我々を見守ってきたのであろう、この輝き……。我々もそれに恥じぬよう、生きていかねばな……」

「と、父さん……！　俺は……」

セルジは痛みに耐えながら起き上がると、バゼルをまっすぐに見据えた。

「……俺は絶対に父さんを超える、誰よりも強い族長になってみせるよ！　それでホランやバートル、そして、ブリヤート大草原で暮らすみんなを、ずっと守っていくよ！」

「……」

バゼルは黙ったままセルジを見ている。

「ぼ、僕も……！　僕も強くなります‼　絶対強くなって、身体を張って僕を守ってくれたセルジを……、将来誰よりも強い族長になるセルジをずっと支えていきます！」

「あっ、あたしだって！　あたしだって強くなる！　それで、それで、ずっとみんなで仲良くしていけるように、兄貴やバートルを助けてやるんだ！」

三人はバゼルに向かって、そしてブリヤート大草原を照らす朝日の輝きに向かって、それぞれ心からの誓いを立てた。

「ふっ……、いたずら小僧どもが、いい顔をしおって……」

バゼルは目を細めながら子供たちを見た。

その六つの目は日の光に照らされ、キラキラと輝いている。

「よかろう。お前たちが立てたその誓い、このバゼル・ブリヤートが証人となろう。精進しろ、未来の戦士たちよ」

「はいっ！」

三人は、弾けるような笑顔で大きく返事をする。

「あぁ、それはそうと……」

「……？」

「勝手に地龍を連れ出した上、夜間に無断で集落の外へ出たことは許さんぞ？　首謀者セルジに拳骨三十発のつもりだったが、お前たちの言うとおり三人で平等に分けると、一人……二十五発？　ぐらいか。集落に戻ったら覚えておけよ？」

「「「ひ、ひぇ〜〜〜っっ‼」」」

「こら！　どこへ行く、お前たち！　待たんか！」

大きく拳を振り上げたバゼルを見た途端、猛ダッシュで逃げ出すホランとバートルに、満身創痍のセルジが続く。

「お、おい、待ってくれよ！　俺を支えるとか何とかの誓いはどこ行ったんだよぉ⁉」

「悪い兄貴！　それまた今度で！」

「ご、ごめんよ、セルジ！　僕も明日から頑張るから！」

「お、お前らなぁ〜‼」

賑やかに走り去っていく三人の後ろ姿を見つめながら、バゼルは優しく目を細めた。

「ゲゲ、ゲギャ〜〜〜……、ゲギュゥ」

その喧騒に目を覚ました地龍たちは、大きく背伸びをしながら欠伸すると、何事もなかったように、再び眠りに就くのだった。

第十一話

月下の決意

すっかり日が落ち、ブリヤート大草原には深い夜の闇が舞い降りていた。

昨日の夜までであれば、集落の中に聞こえてくるのは虫や家畜の囁き程度で、誰もが余計な体力は使うまいと、早々に寝静まっていた。

だが今宵、昨日までのそんな生活が嘘であったかのように、ブリヤート族の集落は喧騒と歓喜に満ち満ちていた。

「おーい！　酒だ、酒！　酒がもうないぞ‼」

「うるさいよ！　飲みたきゃ自分で取ってきな‼　あたしらだって飲んで騒ぎたいんだよ！」

「まさかこんなに楽しい夜が戻ってくるなんて、夢みたいだな！」

「ゲッギャア――ノッ！　ゲッギャア――ノッ！」

集落のど真ん中で催されている大規模な宴会は、久々のことだったのだろう。

ある者は笑い、ある者は踊り、そしてある者は渇きからの解放に咽び泣くなど、皆思い思いに楽しい時間を過ごしているようだ。

でっかい地龍たちも、豪勢な肉や俺が創り出した水を存分に堪能している様子だ。

いや～しかし、俺もなんとか役に立てたようで、よかったよかった。

ま、湖の視察やら何やらは明日考えるとして、俺も今すべきことをせねば……。

——そう、お酒だ！　俺だって酒が飲みたい!!

（いひひひ……。んじゃあちょっと一口……。久しぶりのお・さ・け……）

俺はペロリと舌を出し、近くに置かれた鉄製のカップに手を伸ばす。

空にぽっかりと浮かぶ月を水面に映したそれは、とても芳醇なブリヤート族特製の地酒で、大変濃厚な味わいらしく、一族で嫌いな者はいないというほどのものらしい。

これね、これ。知らない土地でその土地の料理や地酒を楽しむってのが、旅の醍醐味よ。

前世ではいきなり命令されることが多い出張だったが、こういう経験ができるぶん、俺は好きだったな～。

（ぴゃ～！　こんにちは地酒さん！　そして俺のお口にいらっしゃいませ～～！）

カップになみなみと注がれた酒の香りが俺の鼻腔をくすぐる。

そしてまさに、その神秘の液体が俺の口の中を満たそうとしたその時だった。

「おいおい、レイン。お前の国では子供でも酒を飲んでいいのか？」

「え……？」

あとたった二センチ……というところで、俺は少し酒に酔ったホランに、カップを持った右手をガッチリと掴まれてしまった。

な、何するんやこの娘さん!?　ちょっとぐらいええやないかい!!

おっちゃんはなぁ、もう十年以上も一滴もお酒飲んでないんやで……!?

「い、いやぁ……。僕お酒って飲んだことがないもので、どんな味がするのかなぁ……と。てへ」

「だめだだめだ！　子供にゃあこの酒は強すぎっからな。もうちょっと大きくなってからにしとけ。そん時はあたしがお酌をしてやっからよぉ……！　ヒック……」

「そ、そうです……ね？　……お、お、お気遣いありがとうござ……います……」

俺は心の中で血の涙を流しながら、カップが割れるくらいギュッと握り締めると、泣く泣くそれを下に置いた。

くっそ〜！　なんか一見豪快な雰囲気だけど、意外にそういうとこ真面目なんだな、このお姉さんは‼　自分はヒックとか言ってるくせによぉ……。

（くぅぅ……、仕方ない……。郷に入っては郷に従え、ここは今しばらく様子を見るとするか。またそのうちチャンスが巡ってくるだろうしな……。俺は静かにその時を待つぜ……）

そんな俺の目の前には、羊や馬の肉をはじめ、たくさんの美味しそうな料理が所狭しと並べられていた。

人々は、それぞれ何箇所かに分かれて座り、集落の中心で焚かれたかがり火を囲みながら、思い思いに料理や酒を楽しんでいる。

さらに集落の中心部には、横五メートル、高さ三メートルほどの巨石が埋まっていて、季節ごとに移動する集落の各拠点についても同じような巨石が設置されており、ブリヤート族はそこを中心にテントを立てると決まっているらしい。

その巨石のことについてバゼルに聞いてみたところ、大昔のブリヤートの民たちは、その巨大な石を『天地創造の女神のご神体』として崇め、日々お供え物や祈りを捧げていたとのこと。

だが今となっては、そのようなかつての信仰も薄れ、ただ古くからの名残として巨石の周りに集落を作ることが慣例となっているとのことであった。

（創造の女神……ってことは、俺をこの世界に転生させたルーシアのことかな？　かつてはみんなあの女神さんを信仰していたのだろうか？　……まあ、今となっちゃぁ確認しようもないけど）

そんな俺はというと、族長のバゼルやセルジ、そしてその妹ホランと同じ場所に座っていた。

うちのシロは、既に集落のマスコットキャラとして定着したのか、その背中に小さな子供たちを何人も乗せたりして、みんなを楽しませているようだ。

しかしよく見ると、労働の対価として美味しそうな骨付き肉などを子供たちからたくさん食べさせてもらっている様子……。

（ちゃっかりしてんな、お前も！　食べすぎでお腹こわしても知らないんだからね！）

「わっはっはっはっ！　今宵は無礼講ぞ？　飲ませてやればいいではないか、ホラン！」

バゼルは既にばっちり出来上がっている。

酒は浴びるように飲むし、料理に関しても『わしの胃袋は宇宙だ！』とでも言わんばかりに、食べる食べる。

無礼講の件、もっと頂戴！　もっと‼

「だ～め～だっ！　父さんはその辺が甘いんだよ！　ケジメをつけるところはきっちりつけなき

ゃ！　子供に酒なんてもってのほかだし、大人だって飲みすぎはいけないんだよ！　うぃ〜……ヒック……」

ちぃっ！　ちぃぃぃぃっ‼

真っ赤な顔して酒の匂いをぷんぷんさせて、どの口が言うんだお前は‼

だが、う、うらやましい……。

「なぁ⁉　兄貴もそう思うだろ？」

ホランは赤い顔をしながら、カップをセルジの方へ向けて絡んでいく。

お巡りさ〜ん、この酔っぱらいのお姉さん保護してくださ〜い。お巡りさ〜ん。

「ふんっ、俺は別にどうだっていい……。飲みたければ勝手に飲めばいいじゃないか……。それにちょっと飲みすぎだぞ、お前」

セルジはホランや俺に目を合わせようとはせず、持っていたカップを置いて立ち上がると、大きくため息をつき、そのまま歩いてどこかに行ってしまった。

「……はぁ〜、またどっか行っちまった……。兄貴ったらよぉ、昔はあんなじゃなかったんだけどなぁ……」

去っていくセルジの後ろ姿を見ながら、ホランは肩をすくめた。

「へぇ、そうなんですか？　よろしければ詳しく聞かせていただいても？」

俺は真面目な顔で、じ〜っとホランの目を見つめる。

「……おい、なんだその手は？」

　こっそり地酒入りカップに手を伸ばした俺の右手を、ホランが目ざとく指摘する。

「あ……あれ、何でしょうね？　これはいけない手ですね。めっ！」

　俺はパチン！　と左手で右手を叩いた。

　あぁ～、何してんだ俺は。

「ぷっ……、くく……、あ～～っはっはっはっはっはっはっ！　くっひっひっひっひっ……!!　面白れぇなぁ、お前！　こんなに笑ったのは久方ぶりだわ」

　ホランは俺の仕草の何かがツボったのか、腹を抱えて大笑いしている。

　箸が転んでも楽しいお年頃、か……？　まあ酒の影響もあるのだろうが。

　しかし、酒ェ……。

　ふいに黙ったホランは、もう一度大きく酒を呷るとぽつりぽつりと話し始めた。

「兄貴とあたしと、あと昼間大暴れしてたバートル……。あたしたち三人は幼馴染でさ。年が近いこともあって、いつも三人で遊んでたんだよ……」

「ほぉ。成程……」

　ちらりと見ると、バートルは離れた場所で地龍部隊のみんなと大騒ぎをしていた。

　どうやら何かしらの歌を唄っているらしく、そのでかい声は、集落中に響いている。

　若干音程が外れているように感じるが、そっとしておこう。

（しかし意外だなぁ、正反対のタイプに見える二人が仲良しこよしだったとはなぁ）

「バートルの奴はああ見えて、意外と根は優しくてね……。あいつ両親を早くに亡くしててさ、父さんがあいつを引き取って育てたんだよ……。恩義を感じたあいつは『何があっても族長になるセルジを助ける！』なんつってよ……。ははは、ちょっと今のあいつからじゃ想像できねぇだろ……？」

ホランは意地の悪い笑いを浮かべながら、だがそれでいて少し寂しそうに話をした。

それにしてもあのバートルがそんな殊勝なことを……。ほ、ほんとにござるかぁ？

「けどよ、ある時からそういう関係に少しずつ変化が出始めちまったのさ」

ホランは自分のカップに残った酒を一気に呷ると、大きな酒瓶《さかがめ》から柄杓で酒を掬い、もう一杯自分のカップに地酒を注ごうとしていた。

そこで俺は、先にホランのカップに酒を注いでやる。

「どうぞ？」

「お？　悪ぃな。……んん？　……ははは、なんかお前、酒の注ぎ方が堂に入ってんな」

「えぇ!?　あ……あぁ、お気になさらず。実家では父にお酌をしてますので」

ははは……、かつての飲み会で体育会系の上司や先輩に仕込まれましたからねぇ。

やれビールはラベルが上に来るように持てだとか、やれ先輩にビールを注いでもらったら、最後はジョッキを逆さまにして泡まで手に落として吸えとかなんとか……。

当時は色々と思う所もあったけど、今は懐かしい思い出だぜ。

けどビール、ビールかぁ。ビール飲みたいなあ……。

「その関係性の変化というのは、つまり……」

　気を取り直し、俺はホランに問いかけた。

「あぁ、兄貴が魔法使いだってことがわかった時ぐらいからだな……」

　ホランは視線を落としながら、小さくつぶやいた。

（成程ねぇ。セルジとしては、尊敬する父でありウルトラマッチョ族長でもあるバゼルのように、強いブリヤート族の戦士になりたかったのに、なぜ自分は魔法使いなんだ……！　ってところか）

「……あたしは兄貴が魔法使いだろうが何だろうが気にしやしなかったさ。父さんも少し残念そうにしてたが、あとは本人の努力次第だ、なんつって励ましてたよ。……バートルだって同じだった。落ち込む兄貴をずっと励ましながら、毎日一緒に身体を鍛えていたぐらいだしな……」

は、励ましながら一緒に筋トレ……？　あの斧野郎が……？　ちょっと信じられんが……。けど、そうか……。だからあの時バートルは、寂しそうに去って行くセルジの後ろ姿を見て一瞬哀しそうな目を……。

（ふむぅ、しかしだったら何であいつはあんなにセルジを貶めるような言い方をするんだ？　あんな風に延々と馬鹿にされ続けたら、ものになるものもならんだろうに……）

「ところでホラン殿、ブリヤート族の皆さんは、戦士や魔法使いっていうのはどのようにわかるんです？　鑑定をしてくれる人でもいるんですか？」

　セルジとバートルの関係性という答えの出ない疑問を一旦棚上げし、俺は職業の適性についてホランに尋ねてみた。

「いやぁ……、鑑定とかそういうのはよく知らねぇなあ。兄貴が魔法使いってわかったのも、偶然だったしよぉ。でもほら、何となくわかんだろ？　うちの家系なんかは特に戦士ばっかだしさ。父さんはまぁ見たまんまだし、血筋のせいだろうけど、あたしだって集落の男の誰よりも強いんだぜ？　へっへっへ……何なら勝負してみるかい？　お前が相当やる奴だってこと、あたしはわかってるんだぜぃ？　……ヒック」

　ホランはニヤリと笑うと、おもむろに横に寝かせていた剣を立ててみせた。

　ちょいちょーい!?　酔っぱらいながら刃物を持つのは止めなさい！　危ないな……。

（しかしムキムキのバゼルはまだしも、このホランの細腕から、昼間バートルを圧倒したような力が捻り出せるとは到底思えないんだけどな……）

「そ、それはまたの機会でお願いします。あともう一つ教えてください。今回バゼル殿やセルジ殿がうちの家を訪ねて来てくださった結果僕がここにいるわけですが、ブリヤート族の方々は、他国なんかとはしっかりとした交流はあるんですか？」

「……なぁんだ、試合放棄かよ、つまんねぇの……。さぁねぇ、あたしの知ってる限り、今はもちろん死んだじいちゃんの代とかでも、他国との交流ってのはほとんどなかったと思うぞ？　最近は時々帝国の奴らが使者とか何とかかっつって偉そうにここに来て、父さんにぶん殴られてるのは見たことがあるけどな。……まぁ、誰にも従わず、何者にも縛られない、それがあたしらブリヤートの民の古くからの信条なのさ！　これまでも、そしてこれからもな！　イェイ！」

　そう言ってホランは胸を張ってピースサインを出した。

ふむふむ、帝国が訪ねてきて……、という下りが若干気になるが、まあそこはそれ。

とにかくブリヤート族は、古来、他の国や領地とはほとんど交流することなく、物事に対する独自の解釈・独自の文化を形成して、ここまで突っ走ってきたわけだな。

（これらの事実から導き出される結論は……）

「……スンッ……」

その時、ふいにホランの方から、すすり泣くような小さな声が聞こえた気がした。

俺はちらりとホランの顔を見る。すると……。

（……！）

「そうさ、小さい頃のあたしは、これからもみんなとの楽しい日々がずっと続く……、なんて思ってたさ。バカだよなぁ……？　時が経てば環境は変わるし、人だって変わっちゃうに決まってんのにさ……？」

震えた声でホランは続ける。

「……けど、たまに思うんだよ……。あの頃みてぇに、兄貴と、バートルと……、あたしの……三人で……、みんなで……仲……良く、で………きねぇかなぁ……なんてさ……」

酔っぱらいのしゃっくりだと思っていたものは、いつの間にか嗚咽へと置き換わっていた。

ホランは泣いていた。

俺が言うのもなんだが、腕っぷしは強くとも、ホランはきっと精神的にはまだ幼い。

家族同然に育ってきたにもかかわらず、ひょんなことから仲が悪くなってしまった兄とバートルとの間で、きっと長い間苦しんでいたんだろう。

加えて今回のこの騒動……。

族長の娘という立場もあり、顔には出さなくともその実ホランは相当にこたえていたはずだ。

「おっと……。は、ははは、わりぃわりぃ。随分と酒が回っちまってな！　……涸れちまった湖のことも解決してねぇのに、めそめそ泣いてられっかってんだよなあ……？」

ホランは酒の入ったカップをくるくる回しながら、さっと腕で涙を拭い、照れ笑いを浮かべる。

そんなホランに、俺が言葉を掛けようとした、まさにその時だった。

「魔獣だ――‼　ステップコヨーテが数匹入り込んだぞ――‼」

突然誰かの怒号が、集落中に響き渡る。

ま、魔獣の襲撃⁉

「何だと！　もしやこないだ討ち漏らした奴らか⁉　くそがっ！　うまそうな匂いに釣られてきやがったか⁉」

バートルが声を張り上げたその時、シベリアンハスキーぐらいの大きさをした四足歩行の茶色い魔獣が、集落の柵を飛び越え、鋭い牙を剥き出しにしながら突進してくる様子が見てとれた。

「ガウ――ゥ！　ガルルルルァァァ――‼」

そして先頭のステップコヨーテが、一人の女性に襲いかかろうとしたその瞬間――。

「ぬうぅ――ん‼」

バッシ―――ン‼

何かを思い切り殴りつけたような、ものすごい音が鳴り響いた。

族長バゼルが、その丸太のような右腕で、女性に襲いかかったステップコヨーテを殴りつけたのだ。

「……っ……、……」

殴られたステップコヨーテは、しばらく地面でもがいていたものの、間もなく絶命した。

また、さっきまで酒に酔って赤い顔をしていたホランや音痴な歌声を披露していたバートルも、まるで何事もなかったように、すぐさま武器を取って戦っていた。

（さすがは戦士の一族……、酔っぱらいたちの切換の早さがすげぇ……。こりゃもう心配ないか）

だが。

「奥からもう一団！　子供たちの方へ行ったぞ‼　誰か子供たちを守れぇ――‼」

俺が叫び声の方を振り向くと、子供たちの集団の方へ数匹のステップコヨーテがすごいスピードで向かってく様子が目に飛び込んできた。

「うわ～ん、怖いよ～‼」

子供たちはステップコヨーテの姿に慌てふためき、泣き叫んでパニック状態に陥っている。

（けど、そっちは心配ないよな。なんたって子供たちの側にいるのは……）

「アオ――――ン‼」

「頼れる相棒、うちのシロだしな！」

ビュオオオオ――‼

「グルアァァ――ッ⁉」

シロは向かってくるステップコヨーテに対し、些かも怯むことなく瞬時に風の魔法を行使した。

するとどうだ、一瞬にしてステップコヨーテたちの周りに凄まじい上昇気流が発生し、魔獣たちを天高く吹き飛ばしてしまった。

「す、すげぇ！　シロちゃんすっげぇ‼」

子供たちは目をキラキラさせながら、飛んだり跳ねたりして再びシロの周りを駆け回る。

そりゃかわいいマスコットキャラだと思ってたシロが実は超強くって、怖い魔獣をいとも簡単にぶっ飛ばしましたってことになれば、子供たちからすればまさにヒーローだもんな。

「やったな、シロ！」

「ワフン！　クーン、クーン！」

俺がそう言ってシロの首元や背中をモフリまくってやると、シロも俺に向かって大きな体を擦りつけてくる。

「あははは！　おいおいシロ、もうやめろって。おい、シロ！　お～い、まじで勘弁して……」

あっという間に俺はシロのよだれとモフモフの毛まみれに……。

「うむ、これで全部仕留めたか」

バゼルは村人にかがり火を絶やさぬよう指示しながら、辺りを見渡して安全を確認する。

幸い軽傷者が数人出た程度で、今のところ大事には至っていないようだ。

「す、すまねぇ族長。俺が奴らをきっちり全滅させてりゃあこんなことには……」

バゼルに負けず劣らず大きな体格のバートルが、深々と頭を下げた。

「いや、奴らの数は多い。お前たちが数を減らしてくれておらねば、被害はこんなものでは済まなかっただろう。宴に浮かれて警戒を怠ったわしの全責任だ。こちらこそ済まなかったな、バートル」

「ぞ、族長……」

（おいおい、バートル普通にいい奴じゃん……。ますますわからん、何でセルジにだけあんなに当たりが強いんだ……？）

「ふぅ、終わったね。しかしここらはステップコヨーテの縄張りじゃねぇはずなんだがなぁ。何だってこんなとこまで攻めてきやがったんだか……。けどまあ、みんな大きな怪我がなさそうでよかったよ」

（……？　縄張りじゃない？　妙だな……、うちの森でもそうだが、魔獣はあれでけっこう縄張り意識がしっかりしてるからなぁ。それが何でまた……）

「お前んとこは犬まで魔法が使えんのかよ、すげぇな！　そいつとも戦ってみてぇなぁ……」

「クゥ〜ン、クゥ〜ン……」

ホランは頭の後ろで手を組むと、ニヤニヤしながらそんなことを言い出した。

魔獣の返り血を浴びながら嬉しそうに笑うの、サイコさん気味なんでマジやめてほしいんですけど……？　ほら、シロもドン引いてるよ……、かわいそうに。

魔獣の襲撃に事なきを得たことに誰もが安堵し、ほんの少し気を抜いたその時の出来事だった。

「グラルルルルゥゥゥゥアアア————!!」

「きゃあぁぁ!?」

血にまみれ倒れていたステップコヨーテが、最後の力を振り絞るように鬼気迫る表情で、一人遠くにいたブリヤート族の少女に向かって襲いかかったのだ。

「まずい!!　アマラが……!!」

たとえこの身が滅びようとも、一人でも地獄の道連れにしてやる……！　そんな憎悪と怨嗟が伝わってくるような凶悪かつ兇暴な貌。

俺は少女を救うべく、瞬時に無属性魔力を練り込んで身体中を強化し、ステップコヨーテへ向かって飛び出そうとしたその時、俺よりもそして他の誰よりも速く、瞬時に少女の方へと向かう影が一つ——。

「あ、兄貴!?」

そう、それはセルジだった。

まさに無我夢中で、きっと後先のことは何一つ考えていないであろうセルジ。

だがその速さはまさに疾風の如く、一人取り残されたアマラという少女に向かって駆けてゆく。

（すっ、すげぇ速さ……！　あれはまさしく無属性魔力による身体強化……！）

「うおおおおおぉぉ!!」

「ガルルルアアァァ!?」

ガバッ！

ズザザザザ――‼

間一髪、セルジは少女を抱きかかえ、諸共に転倒しながら、ステップコヨーテの牙をかわした。

しかし死を覚悟した魔獣の力もまた凄まじい。

最早体へのダメージなど度外視で、口から夥しい血を吐き出し、さらに後脚があらぬ方向に曲がっていようとも素早く方向転換し、なおもセルジたちへと襲い掛かる。

「くっ……⁉」

最初の一撃はかわしたものの、これ以上なす術もないセルジが覆いかぶさるようにして少女を守ったその瞬間……！

キィ――ン‼

ブシュゥ……！　ドサッ……。

耳が痛くなるほどの甲高い音にやや遅れ、その場に血煙が舞った。

その場にいた全員が、眼前の光景に目を見開いて驚愕する。

最後の力を振り絞り、悪鬼羅刹の如くセルジに襲いかかったステップコヨーテは、頭から尾にかけて文字どおり真っ二つに切断され、一瞬でその動きを永遠に停止させたからだ。

「こ、これは……」

「うわぁぁん！　セルジ兄ちゃ～ん！　ありがとう～～！」

目の前のあまりの状況に戸惑うセルジに、アマラと呼ばれた少女は抱き着いて泣きじゃくる。

「……すみません、僕としたことが、つい気を抜いてしまって。けれど間に合ってよかったです」

俺はそう言いながら、ゆっくりとセルジの下へと歩み寄っていく。

そう、先ほどステップコヨーテがセルジに向かって飛びかかった瞬間、俺が水の魔力を圧縮・放出して研ぎ澄まされた円形の刃を創り出し、魔獣を切り裂いたのだ。

「す、すげぇ……。レインの奴、あんなに強かったのかよ……」

「……‼」

静まりかえる集落の中、俺は再び口を開く。

「いやぁセルジ殿、素晴らしかったですね、最後の猛ダッシュ。あれがなかったら、女の子が大怪我をしていたかもしれません。ナイスガッツですよ」

「そうだぜ兄貴！　すげぇ速さだったもんな‼　あたし見直しちまったぜ！」

そう、あの時のセルジの脚力はまさに常軌を逸していた。

おそらく無意識に魔力で肉体を強化し、セルジは少女を救ったのだ。

（やればできるじゃん、セルジくん……。あとは魔力の使い方のコツさえ掴めれば……）

「だっ、黙れ！　黙れ黙れ黙れ黙れ黙れ‼」

うおぃぃ⁉　ちょっ、どうしたセルジィ⁉　何でそこでブチ切れんの⁉

「何がナイスだ！　何が見直しただ！　一体俺のどこをどう見てそんなことが言えるんだ⁉　あ……、憐れみの目で俺を見るのは、やめろ‼」

何かがきっかけでスイッチが入ったのか、セルジは溜め込んでいたものを吐き出すように、大声で叫び始めたではないか。

セルジに助けられたアマラも両手で口を押さえ、驚き戸惑っている。

「いえ、セルジ殿……？　何も僕は……」

「何言ってんだよ兄貴！　憐れみの目でなんて誰も見てやしねぇだろう⁉　何でそんな……、あっ、痛てて……？　ちぃっ……、さっきステップコヨーテの牙がかすった時か……」

ホランはセルジに詰め寄ろうとするが、咄嗟に自分の左腕を押さえた。

軽傷ではあるようだが、ホランもまた魔獣に怪我を負わされたらしい。

「大丈夫ですかホラン殿？　怪我なら僕が……」

「はっ！　立派じゃないかホラン！　戦士としては名誉の負傷だよなぁ⁉　みんなを守って怪我をして、心配までしてもらって……、さぞやいい気分だろうなぁ‼」

「……えっ？　セ、セルジ殿……？　今何て……」

（俺の聞き違い、だよなぁ……？　実の妹の怪我が……、名誉の負傷……だと？）

「あぁ、何度でも言ってやる！　戦士なんだろう⁉　ホランも！　父さんも！　あぁ、バートルだってそうさ‼　それはそれは強い戦士様なんだろう⁉　父だろうが妹だろうが、誰かを守って怪我するのは当然だろうよ‼　俺はお前らみたいに立派に怪我をする機会さえないんだよ‼　見ろよこれ！　お前らが仰々しく褒めてくれたダッシュでスッ転がった怪我だよ！　これのどこが誇れるんだよ⁉　ふざけるのも大概に……」

——その時、俺は身体中に練り込んだ無属性魔力で目一杯身体強化を行い、強く地面を踏んだ。

ドッゴォォ————ン‼

「うぅ、うおぉぉ……⁉　な、何だこれは⁉　一体何が……⁉」

大地を揺るがすような振動に、思わず声を上げたセルジの他、全員がその場に膝を突く。

俺は再び、ゆっくりとセルジに歩み寄りながら、小さくつぶやいた。

「セルジ殿……。僕は内部の問題に口は挟むまいとずっと黙って聞いていましたが、さっきのあなたの言葉、いくらなんでもちょっとおかしくありませんか……？　妹さんが怪我をするのが当然……？　名誉の負傷……？　んなバカげたこと、本気でおっしゃってるんですかねぇっ⁉」

ブワァッ‼

俺は身体の中で練り込んだ無属性魔力に強烈な殺気を加え、セルジに向かって思いっ切り威圧を放った。

「うっ、うわぁぁぁ……⁉」

俺の威圧をまともに受けたセルジは尻もちを突き、そのままズルズルと後ずさるが、広場の真ん中の巨石を背にした所で止まってしまった。

俺はさらにセルジの方へ歩を進めていく。

俺は切れた。いや、これはもうブチ切れてしまった。

見解の相違なんてことを言われると、確かにそこまでかもしれない。

だがそれでも、兄として守ってやるべき妹を守れずに怪我をさせた挙句、それが当たり前などという趣旨の発言は、到底俺の中で許容できるものではなかったのだ。

「おっ、おい待て！　ちょっと待ってくれよ、ちっこいの‼　そんなすげぇ力で迫ったらセルジの奴……」

「……ちょっと黙っていてもらえませんかねぇ、バートルさん。今は同じ妹を持つ一人の兄としてセルジ殿に話してるんですよ……。文句があるなら、後できっちり承りますので……」

「……うぐっ……！（な、何て殺気だよ……！　この俺が、まともに立ってられねぇ……！）」

「い、妹……？　レインにもあたしと同じような妹がいるのか……」

俺は歩みを止めると、冷たい目でセルジを見下ろした。

「……さぁ、答えを聞かせてください、セルジ殿。妹が怪我して当然なんて、本気で思ってらっしゃるのかどうか……！」

「お、俺は……、俺は……‼」

セルジは俺の威圧をまともに受けつつも、巨石を背にしながらその場で立ち上がった。

「ホラン殿からも色々と聞きましたよ。家族同然に育ったバートルさんとも、昔は仲が良かったこと、自分が魔法使いだとわかって落ち込んでいたあなたと一緒に、訓練に励んでいたこととか諸々ね……。他にも……」

「……だっ、黙れっ！」

セルジはものすごい形相で俺を睨みつけながら、突然両手で俺の胸倉を掴んできた。

ほう？　思いっきり向けてやった威圧の中でここまで動けるとは、なかなかやるじゃないか。

……それとも、それを補って余りあるほどの劣等感のようなもののなせる業か？

「ホ、ホランの奴が何を言ったかは知らんが、部外者のお前には何の関係もないことだろう！　よそ者は黙ってろ‼　それともここで俺がぶん殴ってわからしてやろうか⁉　あぁ⁉」

雲一つない月明かりの下、集落の中心部に強がりにも似たセルジの怒号が響く。

ホランもバゼルも、そしてバートルや他のブリヤート族も皆、固唾を飲んで俺たちのやり取りを見守っていた。

俺は上背のあるセルジに胸倉を思い切り掴まれているせいで、強制的に上を向く格好になっている。

しかし俺の視線は、熱くなっているセルジの横をすり抜け、遥か空の上にあった。

暗闇にぽっかりと浮かぶ二つの満月。

この世界の月は、地球で暮らしていた頃のそれよりもかなり大きい。

そしてその様子を目の当たりにする度、改めてここが異世界なんだと認識させられる。

（……妹は、今も地球で暮らす俺の妹は、元気にしているだろうか……）

かつて生きていた世界の妹とこの世界の妹エリー、そして不安そうに俺たちを見つめるホランの姿がふいにシンクロする。

「……ホラン殿、泣いてましたよ……？」

俺はぽつりとつぶやいた。

「――――っ‼」

セルジの目が大きく見開かれた。

俺は自分の胸倉を掴んでいるセルジの両手首を、今度は自らの両手で掴む。

同時に、再び自分の身体を無属性の魔力で強化してゆく。

「……セルジ殿はホラン殿の兄……なんですよね？　差し出がましいことを申しますが、妹を泣かせる兄、そしてまかり間違っても妹が怪我をして当然なんて宣う兄というのは、ちょっとどうなんでしょうかねぇ……？」

俺はセルジの両手首を強く握りしめ、無理矢理に身体から引き剝がす。

「……ぐあぁ!?　……くそっ、小さなお前の、どこにこんな力が……？」

セルジは、自分よりも小さな俺に力で圧倒されたことに驚愕する。

俺はなおも静かに続ける。

「僕の私見ですがね……、兄というのは、身体を張って妹を守ってやる存在なんじゃないでしょうか……。少なくとも僕はそう思っていますし、きっとこれからもそれが変わることはありません。……ましてや兄が妹を泣かせるなんて、僕には到底理解できませんねぇ……」

俺は吐き捨てるようにそう言うと、掴んでいたセルジの手を解放してやる。

「……お前に、お前なんかに……、何がわかるんだ——!!」

だが。

強く拳を握り締めていたセルジが、突然俺に向かって猛然と殴りかかってきた。

「……な、なん……だと……!!」

セルジが渾身の力で俺の左頬に向けて繰り出したであろう右の拳は、俺に届くことはなかった。

それどころか、セルジの拳は俺の左手の人差し指ただ一本で止められていた。

当然だ。魔力で強化したこの身体に、生身の攻撃なんて効くはずがない。

セルジの額に汗が噴き出し、それが頬を伝って次々に流れ落ちる。

目の前の信じ難い光景に、セルジは言葉を失っていた。

「セルジ殿……、本気で殴る気あるんですか？」

俺は棒立ちのままのセルジの横をゆっくりと通り抜け、セルジが最初にもたれかかっていた、大きな岩の前に立った。

俺は再び無属性魔力による肉体の強化を促進する。

そしてセルジが俺の方を振り返った瞬間――。

ドッガァァァァ――ン‼

俺が放った右の拳は、集落の中心に据えられていた巨石を木っ端微塵にした。

己の理解を超える光景に、最早セルジは驚愕を通り越し、自身が夢でも見ているかのような表情で立ち尽くしている。

「どうせ殴るなら、これぐらい気合いれろよ！　セルジィ‼」

俺は青い顔をしたセルジを思いっ切り怒鳴りつけた。

少し間が空き、セルジは絞り出すように言葉を発する。

「お、お前は……、お前は魔法使い……なんだろう？　違うのか……？　魔法使いは……、魔法使いは弱いんじゃなかったのか……？　役立たずじゃなかったのか……？　一体何なんだよ、お前は……」

ガックリと膝をつき、そのまま地面に両手もついてセルジは四つん這いの姿勢になった。

そんなセルジを見下ろしながら、俺は静かに尋ねる。

「なぁ……、強くなりたくないか？　セルジ……」

セルジはハッとしてその顔を俺に向けた。

月明かりに照らされたその顔は、こらえきれずに溢れた涙に濡れていた。

「……俺が、強くなれるのか……？　……お前のように、強く……なれるのか……？」

「……なれるさ、セルジ。魔法使いだからこそなれるんじゃねぇか」

俺の言葉を聞いたセルジは飛び起き、再び俺の胸倉を掴んだ。

だが今は、セルジの瞳の中には怒りや憎しみ、そしてあれほど暗い影を落としていた劣等感などは一切感じられない。

むしろ、強く輝く決意の光をその眼に浮かべていた。

「頼む……。俺を……俺を強くしてくれ……！　頼む……‼」

涙ながらに、セルジは俺に対して必死に頭を下げた。

ふと気が付くと、いつの間にかシロが俺の横に来てくれていた。

そんなシロの頬を優しく指で撫でながら、俺はセルジに問う。

「強く……か。けどそれは一体何のためだ？　バートルを見返すためか？　それとも族長の血を引く者としての責任感からか？」

俺はまっすぐにセルジの眼を見つめる。

セルジも俺の眼をまっすぐに見返した。

「ホランの……、妹の笑顔……。あいつが昔のように……、ちゃんと笑えるように、俺は……強くなりたい……」

——嗚咽にも似たセルジの声。

——心の底から絞り出したその気持ち。

俺はようやく、本当のセルジと話ができたような気がした。

そして震えながら咽び泣くセルジの両肩に、俺は優しく手を置く。

「頑張りましょう、セルジ殿。僕に任せてください。きっと強くなれます。そしてみんなの笑顔を取り戻しましょう」

まったく……。

もしここで『レイン先生……、女に……、モテたいです……』とか言いやがったら、マジでぶっ飛ばしてやろうと思ってたけどさ……。

妹の笑顔を……、なんて言われてほっとけるわけないじゃねぇかよ。

（……しっかり特訓してやるから、覚悟しとけよな、セルジ……）

俺の言葉を聞いたセルジはその場に泣き崩れた。

バゼルやホラン、そして他のブリヤート族の人々も、涙を流してその様子を見つめていた。

夜空にぽっかりと浮かぶ大きな月は、いつまでも優しく草原を照らしていた。

第十二話　セルジ強化計画

「ではレイン殿、涸れた湖の視察、そして……、我が息子セルジのこと、よろしく頼んだぞ」

「兄貴……がんばれよ！　うまい晩飯用意して待ってっからな！」

「あぁ、頑張ってくるよ！」

「それでは行ってまいります」

セルジと俺は、バゼルやホランに見送られながら、バゼル宅のテントを後にした。

まるで憑き物が落ちたように、セルジは爽やかな笑顔で手を振っている。

今日から俺は、ブリヤート大草原に点在する三つの湖の視察などを行いつつ、その湖の近くでセルジと魔法の特訓をすることになったのだ。

（しっかし昨日、思わず流れで広場のでかい石をぶっ壊しちゃったけど、お咎めなしでよかったぜ……）

古代ブリヤート族の女神信仰の面影を色濃く残す巨大な石を、俺といううっかりボーイは昨晩、勢い余ってぶっ壊してしまった。

バゼルの拳骨を脳天に頂戴することぐらいは覚悟していたが、あの後集落の隅っこで平謝りした俺を、バゼルは笑って許してくれた。

聞いていたとおり、やはり今はあの巨石に関しては一族として特に重要な意義を見出しているものではないらしく、逆にでかい石が消えて広場がすっきりしたとまで言ってくれた。

後で掃除しておきます……。

また、昨晩の魔獣襲撃騒動やセルジの強くなります号泣事案が発生した後も、それが終われば再び何事もなかったように、……いや、むしろ最初より盛大に宴会を再開したのには、俺も心底驚いた。

『メリハリをつけるのがブリヤート族の流儀なのだ、がははは！』なんてバゼルは言っていたが、あの後一番嬉しそうにぶっ倒れるまで酒をがぶ飲みしていたのもバゼルだった。

（あれだけ酒を飲んだら俺なら完全に二日酔いだろうけど、そこはさすがに屈強な遊牧民ってとこか。ま、やっぱ嬉しかったんだろうな……）

テントを出た俺は、今日も美しい毛並みと素晴らしいモフモフ具合のシロに飛び乗った。

同じくセルジも、自らの地龍に颯爽と跨る。

その目には、一切の迷いのない強い意志の光が宿っており、昨晩までのうじうじした人間とはまるで別人のようだった。

「ワンワン！」

「ゲギャア！　ゲギャア！」

コミュニケーションを取っているのかどうかはよくわからないが、シロと地龍もお互いに鼻を近づけて、匂いを嗅ぎ合っている。

おいおい、よろしくのご挨拶か？　ちょっとかわいいなこいつら。

「ではセルジ殿、行きましょうか。まずは涸れてしまったという湖を見てみたいので、そちらへお願いしますね」

「うむ、承知した。ところでレイン殿、俺のことは気を遣わずにセルジと呼んでもらえないか？　これから俺はレイン殿に教えを乞う立場であるし、そこはケジメをつけておきたいんだ」

ふ～ん、そんなこと別に気にしなくてもいいのに。

「わかりました、セルジ。では僕のこともレインと呼んでください。丁寧な言葉遣いも不要です。僕の方が年下ですし、そっちの方が僕もやりやすいですしね」

「いや……、だがしかし、それは……」

戸惑うセルジに、俺は続ける。

「ではお互いに、大切な妹のためにありとあらゆることを頑張る『兄貴同盟』なんていうのはどうですか？　これなら僕らは対等でしょう？　セルジ」

俺の言葉にセルジは少し目を丸くしたが、やがて屈託のない笑みを浮かべた。

「ははは、兄貴同盟か……！　いいな、それ」

「よし、決まりですね！　じゃあそういうことで行きましょうか」

昨晩からこんなやり取りをするうちに、このセルジとは自然と仲良くなれたような気がした。

こっちの世界に来て十年余り、男の兄弟などもいなかった俺は、友達ができたみたいで少し嬉しかった。

そしてセルジと俺とが、集落の出入口に差し掛かったその時の出来事だった。

「おい、待ちな……」

俺たちの前に、立ちふさがる男がいた。

男は眉間にしわを寄せ、睨みつけるような目でセルジを見ている。

そう、バートルだ。

セルジはサッと地龍から降りると、同じくバートルの前に立った。

バートルは口を横一文字に結んだままじっとセルジを見つめ、何も話そうとしない。

（バートルの奴、またセルジに喧嘩でも売りに来たのか？　にしてもこの沈黙は一体何だってんだ？　バートルはバートルで、幼少からともに育ってきた幼馴染として、これまで溜まっていた思いをセルジにぶつけるのか……？）

俺はそんな風に真剣に考えていたのだが、次の瞬間に巻き起こる惨劇とともに、それがただの考えすぎだったことに気付く。

「セルジ、おま……おま……、うっぷっ！　……オエエエェェ………‼」

ひえぇぇぇぇぇ⁉

何だなんだぁ⁉　いきなりゲロ吐きだしたぞ⁉

だ、大丈夫かコイツ⁉

「バートル……。お前は酒に弱いくせに、また飲みすぎたのか……？」

お前ただの二日酔いだったんか〜い‼

幼馴染として思いのたけを云々……などと慮った俺の時間を返せ！

「はぁ……、はぁ……。聞いたぜ、セルジ……。お前……、魔法の特訓……うぷっ……！　するらしいなぁ……」

　バートルは四つん這いの姿勢で口を拭いながら、息も絶え絶えに話す。

　その情けない姿は、昨晩ステップコヨーテを相手に奮戦した地龍騎兵隊の隊長とは思えないダメっぷりだ。

　その惨状を見かねた俺は、軽い水魔法でぽよんぽよんの小さな水の玉を創り出すと、バートルの口元に運んでやる。

「おぉ……？　……ゴクッゴクッ……ぷはっ……！　うめぇ……。す、すまねぇな……、ちっこい魔法使い君よぉ……。うぷっ……」

　まだまだ青い顔をしているが、水を飲んで少し気分が良くなったのか、バートルはふらふらと立ち上がった。

「セルジ……、聞いたぜ。お前……、魔法の特訓するらしいなぁ……。あれ？　これさっき言ったっけ……？　まぁいいや、セルジよぉ、せいぜい頑張るんだな……。弱っちい魔法使いのお前なんかが、強くなれりゃいいけどなぁ……」

　セルジはまっすぐにバートルを見据えながら、言葉を返す。

「……強くなって見せるさ。必ず……！」

　対するバートルも、ニヤリと笑う。

「へっへっへっ……、オェ……。た、楽しみにしてるぜ？　そんときゃ俺と真剣勝負しろよ……、セルジ……」

対峙する二人の間を、ふいに一陣の風が吹き抜けた。

緊張感のあるいい雰囲気なのだが、若干ゲロ臭いのが締まらない……。

「あぁ、わかったよバートル。掟に則り、正々堂々勝負しよう。……必ず勝ってみせるさ！」

セルジは右手で拳を作り、バートルの前に突き出した。

おいおい、真面目かセルジ。

もっとツッコミどころが他にあるだろうが！　主にバートルのゲロとか。

「へっ……！　期待しないで待って……うぷっ……！　オエェ……‼」

バートルは再び四つん這いになると、またもや盛大に嘔吐した。

そしてついには完全にダウンして大の字になり、その場で仰向けに寝そべってしまった。

そんな主人の姿を見かねたのか、バートルがいつも騎乗していると思しき地龍がのっそのっそと歩いてくると、パクッ！　とバートルの頭を咥え、そのままズルズルと引きずってどこかへ連れて行ってしまった。

（な、なんてシュールな光景なんだろうか……）

「クゥーン……くしゅん！」

そしてすまんシロ……、お前の鼻にこのゲロ臭はこたえるよな。俺もキツイ……。

「……な、なんだったんですかね、アレは。じゃあ気を取り直して行きますか……」

なんかいきなり疲れてしまった……。

いっちょやったるぜ！　って気持ちが一気にしぼんじゃったよ……、はぁ。

（……うぷ、……何だか俺も貰いゲロしそうになってきた……。気持ち悪〜……）

「……バートル。俺は、必ずお前に、勝つ……！」

地龍に頭を咥えられたまま、バートルはずるずると退場していく。

一方セルジは、拳を突き出したままそれを熱い視線で見送っている。

「も、もう帰ろっか、シロ……？」

「クゥ〜ン……」

そんなことを真剣に考えてしまう俺たちなのであった。

モフモフモフ……。

※※※

「おぉ！　ここが件の湖……だったところですか……」

集落から徒歩でしばらく歩き、セルジと俺は大きな湖の前にいた。

いや、正確に言えば湖だったと言った方が正しいのだろう。

ぽっかりと口を開けた巨大な窪地には、聞いていたとおり水の一滴も見当たらない。

ふと見ると、セルジの地龍とうちのシロはそこに到着するや、すぐにその場でゴロンと寝転び、日向ぼっこ&うたた寝を始めた。

（いいなぁ……、何か俺も眠くなってきた。というか、仲いいなお前ら）

おっと話を戻そう。

俺たちが眺める、つい最近まで湖だったであろう場所。

そこは小高い丘のようになっており、面積としては東京ドームが五、六個は軽く入りそうなぐらいの非常に大きなもので、またその岸壁はかつての水位と思しき場所でくっきりと変色しており、確かにそこに水があった痕跡が残されている。

俺は顎に手を当て、それらをつぶさに観察しながら首を傾げた。

（うーん……？　特に急激な気候変動があったわけでもないのに、こんなに大きな湖の水が突然涸れることなんてあるもんなのか？　……どうも何かきな臭いものを感じるな……）

ん？　何だあれ？

俺がふと湖の底の部分に目をやると、そこに黒い大きな穴がぽっかりと開いているのが見えた。

（何だあの穴は……？　湧水が噴出していた場所か何かか？　けどそれにしては、何となく違和感が……）

「あれ、セルジ？　どうしたんですか？」

俺は、空っぽになった湖を遠い目でじっと見つめるセルジに声を掛けた。

「何か気になることや、手掛かりになりそうなことでもありますか？」

「いや、すまない。そうではないんだが、子供の頃のことを少し……、な」

ふ～ん、子供の頃ね。

まあ、この草原に長く暮らしてるんだ、思い出の一つや二つ、逆にない方がおかしいだろう。

「……どうだレイン。何かわかりそうか？」

セルジは自分から話題を変えると、俺と湖とを交互に見つめる。

「うーん、すみません……。湖底に何かわからない穴が見えたりはしますが、今の段階ではなんとも……」

「そうか……、仕方ないな……」

いずれにしても、現段階では下手なことは言わない方がよさそうだ。

今の段階では情報が足りなさすぎるし、余計な不安を与えてしまうことにもなりかねないだろう。

「ところで原因はまだよくわかりませんが、これぐらいの大きさなら、とりあえず湖の水はなんとかなりそうですよ？」

「なっ……!?　それは本当か!?　湖に再び水が戻って来るのか!?」

セルジは前のめりになって俺に詰め寄ってくる。

大きく見開かれたその目には、期待と不安が入り混じっているのがよくわかる。

「いえ、湖の水が突然戻ることはありませんよ。けどどうせ戻らないなら、こちらの方から湖に水を注ぎ込めばいいじゃないですか」

「……？　それはどういう……う、うお!?」

セルジが何かを言い終わる前に、俺は清く美しい水の流れを強くイメージしつつ、身体の中で水の魔力を練り込み始める。

（これだけ大きな湖だと、手から蛇口みたいに水を出してたんじゃ時間がかかりすぎるな……。

そういうことならば、俺がイメージするのはズバリ………滝だ！）

俺はかつて生きていた地球で、世界三大瀑布とも謳われた『ナイアガラの滝』を強く思い起こした。

あれぐらい水がドバドバ――！　って流れてたら、割とすぐに湖の貯水量は回復できるだろう。

何回も見たことがあるし、きっと滝のイメージは完璧……！

ま、実際行ったことはないけどね！　てへ。

そして俺は、練りに練った魔力の全てを右の手の平に集中させ、ゆっくりと解放した。

するとその上に、バレーボールの大きさぐらいの水の玉がふんわりと顕れる。

「……！」

セルジは大きく目を見開いて、ゴクリと唾を飲み込むと俺の魔法の行方を見守る。

俺は、ふよふよと浮遊する水の玉をそのまま湖の中心部まで移動させると、続いてそこからやや上の方へと浮き上がらせた。

そして――。

「それっ！」

ザッバ――――――――!!

ドドドドドドドッ…………!!

俺の掛け声とともに解放された魔力は、膨大な量の水を一気に放出し始めた。

湖のやや上空に浮かんだ水の玉から、四方八方にものすごい勢いで流れ出る水、水、そして水。

生まれてからずっと草原に暮らし、滝など見たこともないセルジにとっては、俺が創り出したそれはまさに青天の霹靂のようだった。

「んなぁ……⁉　な、な、な……何だあれは……⁉」

セルジがその場にペタンと尻もちを突いた。

俺はへたり込んだセルジの方へと向き直って言う。

「いやぁ、手から水を出してたんじゃあまりにも時間がかかりそうでしたので、この方法を取らせてもらいました。まあとりあえず湖の水枯渇問題はこれで解決できると思います。ブリヤート大草原にある湖は全部で三つでしたっけ？　残り二つもここと同じように、自動で水を注ぎ込むようにしましょう！　名付けて〜、ナイアガラ大・作・戦〜！」

「そ、そんな風に胸を張ってピースサインをされても……。そ、そもそも手から水を出しっぱなしにするという下りからして俺には意味がわからんのだが……」

セルジは凄まじい勢いで流れ出る膨大な量の水を呆然と見つめながら、言葉を絞り出す。

「ところでレイン、ないあがらとは何だ？　どこかの地名か？」

「ああ、僕の故郷にはね、ものすごく大きくて、水が絶え間なくどんっどん流れ続ける『ナイアガラの滝』という観光名所があるんですよ」

アメリカとカナダに跨る、それはそれはでっかい滝でね。

一度見せてやりたいぐらいの絶景だぜ？　ま、何回も言うが行ったことはないがな‼

俺は腕を組んで目を閉じ、うんうんと頷きながら懐かしい地球の風景を思い出す。

セルジはそんな俺の方へ、ゆっくりと顔を向けた。

「ナイアガラの滝、か……。世の中にはまだまだ俺の知らないすごい場所があるんだな……」

「あっ……⁉　こ、故郷と言っても、あの……、うちの領地じゃないというか……」

し、しまった。

遥か地球に思いを馳せていた俺は、ついつい故郷だなんて口走ってしまった。

「うん？　……すまない、余計な詮索をしたようだな」

(今の俺の故郷は、プラウドロード男爵領だったぜ。失敗失敗)

「いやいや、謝らないでくださいよ。僕が勝手に勘違いしただけですから」

俺がセルジに手を差し伸べると、尻もちを突いていたセルジは俺の手を取り、スッと立ち上がる。

「さぁ、そんなことよりも。早速魔法の特訓を始めましょうか」

「お、おぉ……！　いよいよか！　よろしく頼む‼」

セルジは真剣な眼差しで俺を見つめる。

真夏の太陽のようなギンギンギラギラした目だ。

俺もニッコリ笑ってじっとセルジを見つめる。

だがその余裕の笑顔とは裏腹に、内心で俺は焦っていた。

（うぅ……。昨日勢いで『強くなろうぜ！』なんて言っちゃったけど、実は完全にノープランなんだよな……）

す、すまん……、セルジ。

だってほら、俺って人に魔法を教えたことなんてないんだもの‼

けどさ、けどさけどさ！　同じ妹を持つ身としては、ちょっとでも力になってあげたいって思っちゃうじゃん⁉

しかしこのままニッコリ笑っていても話が進まないし……。

「そ、そうですねぇ……。ではまず、うーん……、まず～……、あっ、そうだ！　セルジの魔法を僕に見せてください！　行使できる魔法を全部ですよ⁉」

しめしめ……、これで少しは考える時間を稼げるはず……。

その間に何か一つぐらいそれらしいことを……。

「魔法は一つしかできないんだ……。水魔法一つだけ……」

ズコ～！

そっちが一つだけかーい！

思わずズッコケそうになった俺は、なんとか体勢を立て直した。

ま、まあいいや、何もないよりマシだ。

「そ、そうですか。い、いいじゃないですか！　一つの魔法をとことん極めるというのも、僕は素晴らしいことだと思いますよ？」

「そ、そうか……？　わかった。では早速いくぞ」

セルジは大きく二度深呼吸をすると、目を閉じて右手を前に出した。

次にその右手の二の腕辺りに左手を添えると、ゆっくりと魔法の詠唱を始める。

「……我は望む。清き水の恵みがもたらされんことを……。ピュア・ウォーター！」

ぽよん。

ぱしゃ。

セルジの手の平から、握りこぶし程度の小さな水が出たかと思うと、それはストンとそのまま地面に落ち、小さな染みを形作った。

ん……？

んん～……？

い、今のが……、魔法？

「あの……、これは……？」

俺はまもなく消えてゆく地面の小さな染みを指さしながら、セルジに問いかけた。

「こ……、これが……、俺が唯一できる……、その……、魔法だ」

モジモジしながら、最後の方は聞き取れないぐらいの小声でセルジはつぶやいた。

な、成程……。

唯一使える魔法がこれじゃ、そりゃ自信もなくなるわな。

「……や、やはりだめか⁉　魔法使いの才能のない俺は、父やホランのように強くはなれないか!?」

　ガシッ！　と俺に縋り付いてくるセルジ。

　そ、そんな生まれたての仔鹿みたいな目をするなよ……。

　昨日俺に見せた、あの輝くような決意の眼差しはどこいったんだよ！

「ま、まあ、きっと大丈夫です……よ？　多分……？」

「おい！　なぜ最後が疑問形なんだ!?」

「まあまあ……、少し落ち着いてください。まずは少し見方を変えましょう。ところでセルジはこの魔法をどれくらい使い続けられるんですか？　あなたの限界魔力量を知りたいのですが」

　俺は気を取り直してセルジに問いかけた。

「ただ魔法を使うだけなら丸一日ぐらいは十分いける。日々の鍛錬として、これまでに何千、何万回と魔法を使ってきたし、最近では集落のみんなのため、毎日ヘトヘトになって倒れるまで水を出し続けていたからな……。無論それではまったく足りなかったが……」

　セルジはいかにも自信なさげに、うつむいたまま小さな声で答えた。

「おぉ、丸一日ですか？　それはなかなかいいんじゃないですか？」

「そ……そうなのか？　集落ではほとんど魔法を知る人間がいないから、俺はよくわからないんだ……。この水魔法も、父が持っていた古い魔法の本に書いてあったのをやってみて、たまたま覚えただけだし……」

（成程。そうやっていつも限界まで魔法を使い続けていたならば、魔力量は期待が持てるってことかな？）

セルジのあまりにもかわいい魔法で出鼻をくじかれた形だが、何となく俺たちがやるべきことの道筋が見えてきたな。

「オーケー、わかりました。うん、まず結論から言いましょう！　セルジ、あなたは魔法使いです！」

「それは知っている……。改めてそう言われると、何というか……」

いちいちしょんぼりするセルジ。

まあまあ、そんなネガティブにならずにさぁ。

「ははは、少し言い方が悪かったですね、言い直します。僕が思うに、セルジだけでなく、あなたの家系全員ですよ。バゼル殿もホラン殿も、すごく強かったっていうおじいさんもそのまたおじいさんも、きっとみんなみんな魔法使いだったんだと思いますよ」

俺は自分なりに導き出した結論をセルジに伝えてみた。

「そ、そんなばかな!?　あり得ない‼　彼らは皆誇り高き戦士だぞ‼　あの強さが魔法使いであるはずがないだろう!?」

セルジは俺の肩を掴み、強くその事実を否定する。

ま、当然の反応だな。

これまで自分が歩んできた道そして信じてきた事実を、俺はほんの一瞬で根底から覆したのだから。

「……事実ですよ、セルジ。あなたが強くなるには、まずそこから受け入れてください」

「し、しかし……。突然そんなことを言われても……」

突然のことにセルジは戸惑いながら、その視線を右往左往させている。

そんなセルジに、俺はニヤリと笑って右手の人差し指をピッと立てた。

「言ったでしょう、セルジ？　だからこそ強くなれるんだ、ってね」

セルジは俺の言葉に一瞬ハッとすると、ゴクリと唾を飲み込んだ。

そんなセルジの不安など押し流してしまうかのように、俺が創り出した水の玉からは休むことなく膨大な量の水が流れ出ていた。

それはまさに、ナイアガラの滝の如く――。

第十三話　特訓、そしてまた特訓

「セルジ、あなたに実践してもらいたい課題は二つです」

俺はセルジに向かって指を二本立て、向かうべき道筋を示した。

「たったこの二つを繰り返すことで、僕はあなたが歴代ブリヤート族の中でも一、二を争う屈指の戦士になれると考えています」

俺は目を丸くして固まっているセルジに背を向けると、干上がった湖の中へ滝のように流れ込む膨大な水流を見る。

何となく懐かしく感じる水飛沫とその重低音とが、いつまでも俺を惹きつけてやまない。

(うんうん、この調子で水を注ぎこめば、今日、明日中にはこの湖の水量は元に戻せそうだな)

「俺が……、つ、強い戦士に……？　ではレイン、その二つというのは……？」

背中越しに、ピリピリとした緊張感が伝わってくる。

きっとセルジなりにかなりの覚悟を決めているのだろう。

俺は振り返って言う。

「まず一つ目の課題。それは『無属性魔力による身体強化を修得しましょう！　の巻』です」

セルジはその両目をカッと見開いた。

「……し、身体の強化……？　筋力の鍛錬をせずとも、魔法で肉体を強化できるというのか？」

ふむぅ……。

やはりブリヤート族は、魔法については基本のきも知らないんだな。

まあこれも、部族の自由と自立に重きを置き、他国との接触を避けてきた結果だろう。

「できます。昨日僕はでかい岩を拳骨で粉々にしたでしょう？　あれが無属性魔力による身体強化だと思ってください。それを修得すれば、セルジだって今の何倍も身体能力が向上します」

俺は、母が右手を強化しながら笑顔でにじり寄ってくる様子を思い出し、思わず身震いする。

セルジはセルジで、右手で握り拳を作ってじっと見つめながら、何やら考え込んでいた。

「……もしや父上のあの鋼のような肉体も、実は何らかの魔法で強化されたものなのか……？　まさか父上は何かしらの意図があって、その事実を俺に黙って……？」

いや、んなわけないだろう？　ありゃただのガチムチマッチョマンだよ。

しっかし何でも考えすぎというか、肩に力が入りっぱなしというか……。

もっとリラックスしようぜ、セルジ。

「いえ、ないです。あれは単に身体を鍛えまくった結果でしょう。元々筋肉が付きやすい体質だったのかもしれませんね。ほら、バゼル殿はテントの中で言っていたじゃないですか『筋肉と対話するのだ！　筋肉は嘘をつかん‼』なんてね？」

俺はさっと腕立て伏せの姿勢をとると、腕と身体を上下させつつ、バゼルのいかつい顔真似と声真似で話を続ける。

ふっ……社員旅行という名の戦場で鍛えた、俺の即席宴会芸をくらうがいい！

「ぷぷっ!?　それは父上の真似か……？　くっくっくっ……、あ～はっはっはっはっ！　やめてくれよ……、腹が痛い……‼」

セルジは腹を抱え、涙を流して笑い出した。

バゼルのモノマネが受けたようで、セルジは少し緊張がほぐれた様子だ。

リラックスしてないと、できるもんもできませんぜ、兄貴？

俺は腕立て伏せの姿勢から今度は逆立ちすると、そのままくるりと回転して立ち上がった。

「まあ冗談はさておき、どちらかというとホラン殿に目を向けてください。おかしいと思いませんでしたか？　あの細腕でバートルさんの見るからに強烈な一撃を難なく受け止めただけでなく、押し返していたんですよ？」

「ふぅ～、成程。しかしそういうことだったのか。俺は単に父上やホランは戦士であるがゆえ、他の者よりも力が優れていて当然だとばかり考えていたが……」

何度か深呼吸をして落ち着いたセルジは、顎に手を当てながらそう言った。

「そしておそらくバゼル殿やホラン殿は、無属性魔力による身体強化を、無意識のうちに天然でやっているんですよ。すっごい格闘センスですよね。だからブリヤート族の皆さんは、誰も彼らが魔法使いだなんて気が付かないし、彼らがそれを自覚することもなかったんだと思います」

「うむ、そう言われると色んなことがしっくりくるな。ふむふむ……」

何度も頷き、感心するセルジを見ながら俺は続ける。

「では、前置きが長くなりましたがここからが本題です。仮にホラン殿の潜在魔力を十と仮定しましょう。そして意図せず五の魔力を戦いの中で使っていて彼女はあの強さ。ではではセルジ、あなたの潜在魔力を仮に二百と仮定して訓練を重ね、その全てを戦いの中で使えるとしたら……。単純にホラン殿の力と比較すると、どれくらいの強さになると思いますか？」

　俺はニヤリと笑みを浮かべ、セルジを見た。

「い……一・五倍くらい強い……のか？」

「よ……四十倍ですよ……。どういう計算ですか？　一・五倍って……」

　おいおい、お前計算に弱い子かよ。

　カップラーメン一・五倍麺増量中（当社比）じゃあないんだからさ……。

「さ……、ささささ算数は、に……ににに……苦手なんだ！　そもそも戦士に算数は必要ないからな！」

　セルジは赤面しながら腕を組み、憮然とした表情で言った。

　いや、お前戦士じゃないし。魔法使いだし。

　……というツッコミは、あえてしないでおこうか。

「しかし、レイン。お前は俺の潜在魔力を二百と例えたが……。俺のような人間が、あの贔屓目に見てもセンス抜群のホランよりも優れた魔力を持っているなんてことがあるんだろうか……」

「ま、それはあくまで仮定の数値ですからね。ただ魔力量が足りなければ、それを鍛えればいいだけの話ですよ。魔力量というものは増やすことができます。それは既に僕自らの身体で実践済みですので、間違いありません。セルジもさっきの、……え～っとプリティ・ウォーターでしたっけ？　あれって何度も使い続けるうちに、どんどん長く使えるようになりませんでしたか？」

　セルジはハッとした表情を浮かべると、自分の両手の手の平を見た。

「そ、そう言えば……。確かに最初は一、二回使えばヘトヘトになっていたが、ここ最近は丸一日ぐらいなら十分に使うことができていた……。あまり気に留めていなかったが、これが潜在魔力量が増えるということなのか……？　ちなみに名前はピュア・ウォーターだが……」

「そうです。そしてそれが二つ目の課題へとつながっていきます。まずセルジには何度も何度も限界まで水魔法を行使してもらい、潜在魔力量をガンガン増やしていただきます！　そして二つ目の課題は『魔法を使う際の、訳のわからない詠唱を止めてしまいましょう！　の巻』となります」

　そう言いながら俺は、右手の五本の指それぞれに水の玉を創り、ふわふわと浮遊させ始める。

「……お、俺にもそのような芸当ができるようになるのか……？」

　セルジは俺の指先に浮かぶ水の玉を見ながら小さくつぶやいた。

「ふむ。実は僕も、他の人が詠唱なしで魔法を使っている姿は未だかつて見たことがありません。色んな魔法使いの知り合いも、正直目を剥いて驚いていましたね」

「……ふ、普通の魔法使いでも驚くようなことを、素人同然の俺が……？　しかしそれは……」

　またもやセルジは視線を落とすと、どんどん声が小さくなっていく。

　……おいおい、しっかりしてくれよ、兄貴！

「えいっ」

　パシャッ！

「うわっ⁉　な、何を……⁉」

　俺はふわふわ漂わせていた玉の一つをセルジの顔めがけて軽く投げつけた。

　セルジはぽたぽたと髪の毛から雫をたらしながら、俺の方を呆然と見ている。

「まだな〜んにも頑張ってないのに、……いや、むしろ始まってすらないのに既に諦めモードですか？　まったく……、そんなことではせっかく発足した『かわいい妹を護るための兄貴同盟』から、早々に脱退してもらわないといけませんね？」

　片目を閉じながらそう申し向ける俺に、セルジは一瞬目を丸くした。

　しかししばらくすると肩をすくめ、フッと気の抜けたような笑みを浮かべる。

「ふふっ、確かにレインの言うとおりだ。まだ何にもしていないうちから不安になっても仕方がないよな。すまなかった、何だかスッキリしたよ。レイン、俺は何でもやるぞ……！　どんな苦しい特訓にも耐えてみせる‼」

「ふっふっふ、それでこそ兄貴同盟加盟者番号一番のセルジです。では早速、無属性魔力による身体強化からスタートしましょうか」

　ま、やる気になっているセルジには悪いが、訓練を兼ねて俺の魔法教室の一期生になってもらうとしよう。

　もしかしたら、いつかセルジ以外にも誰かに魔法を教える時が来るかもしれないしね。

「そ、そういえばレイン……。何でもやると言ったそばから申し訳ないんだが……」

「はい？　どうしました？」

「ふんふんとわかった顔で頷いてはいたのだが……。ところで無属性魔力というのは、そもそも一体何だろうか……？」

ですよねー。

……ははは、こりゃ前途多難だわ。

ちょっとした思惑を隠してほくそ笑んでいた俺の頬を、一筋の汗が流れていった。

※※※

「ただいま戻りました～」

俺とセルジは日が落ちてしばらくした後、族長バゼルのテントに戻ってきた。

「おお、レイン殿！　戻ったか。して首尾は……お、おぉ!?　セ、セルジの奴、一体どうしたのだ？」

バゼルが驚くのも無理はない。

セルジは俺との特訓で、ついには疲れ果てて動けなくなってしまった。

ぐったりしたセルジを、俺はおんぶする形でテントに入ってきたのだ。

俺はバゼルとともに力を合わせ、セルジをゆっくりとベッドの上に寝かせた。

「……あ、兄貴生きてるか？　これ大丈夫なのかよ、レイン……？」

ホランも心配そうに、ベッドに横たわるセルジに声を掛ける。

「だ、大丈夫、大丈夫……だ。俺は、……絶対に……強く………な……」

グオー！　グオー！

すると、途端にいびきをかきながら、セルジは一瞬で眠ってしまった。

（ははは。これは最早『返事がない、ただの屍のようだ』って感じだな。訓練が相当こたえたのかな）

実際セルジは、魔法使いとしての筋がかなり良かったように思う。

なまじ知識がなかった分、変に常識に囚われないことが逆に功を奏したのかもしれない。

何度も何度も休まずに魔法の訓練を繰り返させた結果、なんと今日一日で、少しだけだが無属性魔力で身体強化をすることができた上、最後には魔法詠唱なしに、小さな水の玉を作ることができたのだ。

「レイン殿……」

じっとセルジの様子を見ていたバゼルが、俺の方へ向き直る。

俺を見るバゼルの目は真剣そのものだ。

（ひぇ……？　もしかしてこの状況……。『お前さん、うちの大事な息子に対し、ちとやりすぎと違うんか、おぉ!?』とかってぶん殴られる……？）

「改めて礼を言う。本当にありがとう」

「え……？」

俺のぶん殴られ予想に反し、バゼルは深々と頭を下げてきた。

「セルジの奴……、これまで見たことがないような、いい～顔で眠っとるわ。よっぽどレイン殿との訓練が楽しかったのだろう」

筋肉モリモリで強面の、スーパーマッチョマンバゼル。

この時セルジを見つめるバゼルの優しい顔は、ブリヤート族の族長という立場ではなく、真に子を想うただ一人の父親としての顔だった。

「ああ……。なんか昔を思い出すよな……」

ホランの横顔が、パチパチと音を鳴らす焚火に照らし出される。

昨晩、悲しみの涙に濡れていた時とは対照的な、慈愛に満ちたその優しい眼差しに、思わず俺はドキッとしてしまった。

「あたしからも礼を言うよ。ほんっと、ありがとな！　レイン‼」

バチコン！　バチコ――ン‼　と強烈な音とともに、ホランは俺の背中を何度も叩く。

ぎゃあ⁉　前言撤回ぃ‼　痛いよ！　痛い痛い痛いです～……‼

自覚がないだろうけど、お宅の手は天然で強化されてるんだからね⁉

これじゃまるで、ゆるふわ母のケツビンタ（改）じゃんか！

「い、いてて……。まあ、今しばらく時間をください。セルジは強くなりますよ。絶対に」

背中をさすりながら、俺は半泣きでバゼルとホランにそう言った。

他方、俺はバゼルやホランが天然で魔法を使っているであろうことは、本人たちには特に伝えることはしなかった。

　未だ推論の領域を出ない話である上、俺自身はセルジの訓練を任されただけ。

　そういう民族の沽券に関わるような重要事項は、セルジが強くなってから自分たちで理解していくべき事柄だと考えたからだ。

「うむ、恩に着る。何から何まですまぬな、レイン殿。ささ！　夕食を用意させている。しっかり食って、また明日に備えてくれ」

「やった！　いっただっきま～っす！」

　美味しい夕食を心から堪能した俺は、モフモフシロちゃんと一緒に眠りに就く。

（シロめちゃくちゃあったかーい……、むにゃむにゃ……）

　こうして訓練初日の夜は、深々と更けていくのであった。


　次の日、再び俺たちは昨日特訓を行った湖に向かった。

　俺の計算では、既に湖の水は満タンになっているはず！　……だったのだが。

「えぇ？　あれ……？」

「こ、これは……!?」

　俺とセルジの視界に飛び込んできた光景は、想像していたものとはまったく異なっていた。

「水が……、ない……」

　そう、そこには俺の想像とは裏腹に、昨日と同じく干上がってしまった空っぽの湖が、湖底の土を剥き出しにしたままの姿をさらしていたのだ。

（むむむぅ……！　これはいくらなんでもおかしい……！）

昨日最後まで確認しなかったとはいえ、あれだけドバドバ水を注ぎこんでやったってのに、またもや湖がスッカラカンなんてことはあり得んだろ……？

「レイン……、これは一体……」

ふとセルジが、俺の方に顔を向けてつぶやいた。

その時だった。

（――――!?）

誰かの視線を感じる……。

どこからか見られているのか……？　一体何のために……？

（むぅ……、この視線の主と水の枯渇、やっぱ無関係ってわけじゃないんだろうな……）

「ど、どうしたレイン。怖い顔をして……」

セルジが心配そうな表情で俺を見る。

俺は少し思考を巡らせる。

（……今はまだ伝えるべきではないな……。セルジが訓練に集中できなくなる可能性もあるし……、最悪の場合……）

攻撃されることだってあり得る。

「いや～、せっかく昨日頑張ったのに湖がまたもや空っぽになってしまって、些かショックを受けただけですよ。なかなか一筋縄ではいかないものですね。まあ今は訓練に集中しましょう！」

　俺は笑顔でセルジにそう言った。

「そ……そうか、承知した。お前がそう言うなら、そうなのだろう」

　セルジは若干戸惑いつつも、訓練の方に意識を向けてくれたようだ。

　しっかし、どこの誰だぁ？　俺たちの訓練を邪魔する奴は……。

　……というか、ブリヤート族の生命線ともいえる湖を意図的に涸れさせた不届き者は。

「よし、では気を取り直して、セルジ。昨日の復習から始めましょう。まずは無属性魔力での身体強化をお願いします」

「よし……、いくぞぉ！」

　セルジの掛け声を聞いた俺の頭の中に、ふと前世での往年のシンガーソングライターの名前が浮かぶ。

（すまんセルジ……。俺はこういう真面目な場面に限って、ついついつまらんダジャレが頭に浮かんでしまうんだ……）

　ぷぷっ。真面目に訓練してくれているのに本当にすまん……ぷっ。

　頭の中の思考はおくびにも出さずに、俺は難しい顔をしながらセルジを見る。

すると。

「心は空っぽ……、思考は空白……。透明の魔力を感じて……」

　セルジの身体に無属性魔力が満ちていく様子が伝わってくる。

きっとエルフ村のエルあたりなら、もっとよくわかったりするんだろうが。

俺はセルジに対するアドバイスとして『魔法は明確なイメージが最も重要だ』と伝えた。

別段どこに根拠があるわけでもないが、こればかりは俺の経験則で伝えるしかない。

セルジはそれを自分自身で噛み砕いて考えた結果、無属性魔力は『空っぽと透明』と定義づけたらしい。

成程成程、確かにそれはわかりやすい。

「ふぅ……。どうだ、レイン？」

両目を閉じて足を肩幅に開き、加えて肩の力もほどよく抜けたセルジは、まさに自然体。

それでいて、魔力はきっちりと身体の隅々にまで行き届いているようだ。

「はい、とてもいい感じに魔力が循環しています。あとはそれを何度も繰り返して迅速かつ円滑に行えるようにしたり、例えばぶん殴る瞬間にだけ魔力を手に集中させたりと、応用を効かせていくだけですよ」

「ははは……、簡単に言ってくれる……」

片目を開き、額に汗を滲ませながらセルジはぼやく。

「はいはい、では続いては水の玉を創ってみましょう！」

俺は右手の人差し指を前に出し、ぽよんっ！　と小さな水の玉を創ってみせる。

セルジがため息とともに、何か恨み言をつぶやく声が聞こえたが、気にしな～い。

「ふぅ……。魔法はイメージ……。明確かつ強いイメージが大事……」

セルジは無属性魔力を一旦解除すると、今度は水属性の魔力を身体の中から呼び起こす。

そして俺と同じように右手の人差し指を顔の前に上げると、魔力をそこへ集中させ始めた。

一分……、二分……、セルジが魔力を集中していたその時だった。

ぽよっ。

セルジの指の上に、小さいながらも、確かに水の玉が顕れたのだ。

「ぃよし！　今日も成功‼」

俺は思わずガッツポーズで叫んだ。

「そう、そうです！　そのまま、そのまましっかりと魔力を維持して……！　そのまま何か水に関するイメージを固めてみてください。そしてそれを明確にイメージしつつ、指に魔力を込めていくような感じです！」

セルジの額から大量の汗が噴き出し、それが頬を伝って地面まで流れ落ちる。

（頑張れ！　頑張れセルジ‼）

俺が祈るような気持ちでそう思った次の瞬間。

バシャッ‼

「うおぉ……⁉」

セルジの指の上に浮かんでいた小さな水の玉から突如、満杯に水を張ったタライをひっくり返したかのような大量の水が噴き出したかと思うと、セルジや俺をびしょ濡れにしてそれは消え去った。

もちろん、頭の上からタライが落ちてくるようなドッキリ的な展開はなかったが。

「ぐはぁ……！　はぁ……、はぁ……、はぁ……！」

セルジは両膝に手を付いて肩で息をしている。

すげぇじゃん！　何か今の、すごい量の水じゃなかった⁉

……めちゃびしょ濡れになったけど……。

「……す、すごいじゃないですか、セルジ！　あんなに大量の水が噴き出すなんて……‼」

俺は思わず身を乗り出してセルジに近づき、声を張り上げてしまった。

うんうん、なんかこう、どんどん成長していく燕の赤ちゃんを見ているようで、嬉しいな。

セルジは呼吸を整えながら、その場にあぐらをかいて座り込む。

「はぁ……、はぁ、ふぅ～。昨日レインが湖に水を注ぎこんだ魔法……。俺はあれをずっと心の中で思い描いていたんだ……。ナイアガラ作戦……だったか？　あの水の玉から流れ出していたものすごい量の水をイメージしたんだが……。結果として水は飛散した挙句、俺の魔力も空っぽになり、もうヘトヘトになってしまったよ……」

セルジはあぐらをかいたまま両手を後ろにつき、まだ少し肩で息をしていた。

少し悔しそうな言葉とは裏腹に、その表情はすごく明るく見える。

（いやいや～、途中で魔力切れを起こしたとはいえ、すごい進歩じゃないか……。これは俺が教えることなんて、もうほとんどなさそうだな……）

「よしよし、このいい流れを忘れないうちに、もう一回いきましょう。では最初の無属性魔力の循環からお願いします」

　俺は爽やかな笑顔で、セルジに申し向ける。

「ああ……、いや、すまないレイン。俺はもう魔力が空で……。ちょっとだけ休憩を……」

　セルジは額の汗を拭いながら、引きつった笑みを浮かべた。

　だが俺は、より一層にこやかな笑顔でセルジに言う。

「休憩？　休憩って何ですか？　ほらセルジ、魔力は昨日同様、僕からあなたに渡しますから」

　実は昨日、以前にエルフ村のみんなが実践してくれた、人から人への魔力の受け渡しをセルジにやってみたところ、それは意外と簡単にできてしまった。

　光の魔法で相手方の傷を癒す時と同じような感覚で、魔力そのものを受け渡す。

　今まで俺が考えつかなかっただけで、これも意外と一般的な事柄だったのかもしれない。

（はぁ、俺もまだまだだなぁ～……）

　なのでセルジは昨日、魔法訓練↓魔力枯渇↓強制回復↓魔法訓練（以下無限ループ）を幾度となく繰り返す羽目になった結果、ついにヘトヘトになって動けなくなり、帰宅して即爆睡という流れになっていたのだ。

「い、いや……、レイン。やはり集中力というものは、そんなに長くは続かないと誰かから聞いたことがあってだな……」

　セルジは身体をのけぞらせながら、言い訳がましくそうつぶやく。

　はっはっは。

ごめん、ちょっと電波が悪くて、何言ってるかよく聞こえなーい。

何でもするんだろ、おい！

「はいはい、じゃあ魔力を放り込みますよ！　そ～れ、ファイトォ！　セルジィ‼」

「あ――――っ‼」

半泣きになったセルジの叫び声が、涸れた湖にこだまする。

そんなこんなで俺とセルジの修行の日々は、この後約一か月程度続いたのであった。

第十四話　死闘！　セルジとバートル

セルジと訓練を続けること約一か月。

その日俺たちは、族長バゼルのテントの中で今後のことを協議していた。

「セルジは本当に強くなりました、もう僕が教えることなど何もありません」

「うむ……、長きにわたるセルジの鍛錬、心より感謝申し上げる。レイン殿」

「本当にありがとう、レイン。お前は俺の恩人だ。この恩はいつか必ず返すからな」

「いやぁ……、僕はただのきっかけにすぎませんよ。頑張ったのはセルジ自身ですからね。もっと自信を持ってください」

俺が思うに、訓練を終えたセルジは、最早以前とは別人と言っても過言ではない。

魔法による身体強化は元より、確固たるイメージに裏打ちされたセルジの水魔法は、俺ですら目を見張るものがある。

「さて……、残るは涸れたままの湖なんですが……」

俺はあれから試しに何度か涸れた湖に水を注ぎ込んでみたが、やはり次の日には、湖は空っぽになってしまっていた。

原因は未だ不明だが、このまま放っておくわけにはいかないので、それに関して今後の対応をバゼルやセルジと協議していたのだ。

しかしその時、テントの外から緊迫したホランの声が響いてきた。

「父さん！　兄貴‼」

（んん？　何だ？　えらく焦ったホランの声がするが……）

状況が今一つ飲み込めず、一人キョロキョロする俺とは違い、バゼルとセルジは落ち着いた様子でテントの外へ出ていった。

俺も丸くなって眠っていたシロを突っついて、一緒に外へ出てみる。

そこで俺の視界に飛び込んできたのは、対峙する二人の男だった。

「……そろそろ来る頃だろうと思っていたよ、バートル」

「あぁ。強くなったらしいな、セルジ。いつかの約束を果たしてもらいにきたぜ」

そう話すのは、相棒の地龍を傍らに従え、仁王立ちするバートルだった。

加えて今日のバートルは、その表情からはいつものにやけた笑いは消えているとともに、その服装もいつもとは違っていた。

それは、とても鮮やかな青色と黒色を基調として端々に美しい金色の糸が織り込まれており、見るからに祭礼で着用するような装いで、精悍なバートルの顔立ちを一層引き立てていた。

一方、押し黙ったままのバゼルやホラン、そして他のブリヤート族の人々も、そんな二人の様子を心配そうに見つめている。

「ねぇねぇホラン殿、今日って誰かの結婚式か何かですか？　バートルさんはセルジを迎えにきたのかな？」

俺は小さな声で、こっそりホランに尋ねた。

ホランはため息をつくと、ちょっと呆れたような顔をしながら同じように小声で答える。

「……お前なぁ、んなわけないだろ？　あれはな、ブリヤート族の戦士同士が、それぞれの存在を懸けて本気で戦う意志を示す時に着る服なんだよ」

「おぉ、いわゆる勝負服ですか！　ということは……？」

「……バートルが兄貴に真剣勝負を挑みに来たってことだよ」

あぁ、そう言えば……。

確か俺がここに来たばかりの頃、バートルがゲロを吐きながら、セルジに対してそんなことを言ってたような気もする……。

（いや待てよ、ただ単にゲロ吐いてただけだったか……？　うーん、なんかゲロのことしか浮かんでこねぇや。……うっ、何だか思い出して気分が……。うぷっ）

そんな俺とは対照的に、セルジはしっかりとバートルの言葉を覚えていたらしい。

「わかった、バートル。俺も準備をする。少しだけ中央広場で待っていてくれ」

「あぁ。待ってるぜ」

セルジはそう言ってテントの中へ戻っていくと、バートルも地龍とともにその場から立ち去った。

あの勝負服をセルジも着るのか。

いやぁ、いいな、ああいう服。

ここぞ！　という時の一張羅があるのは素直に羨ましい。

「バートル……」

セルジがテントへ戻った後も、バゼルは中央広場の方へと歩いていくバートルの後ろ姿をじっと見つめていた。


俺たちが到着すると、既に広場の中央には、準備万端という様子のバートルが今か今かと待ち構えていた。

そのただならぬ雰囲気に、集落の人々も何だなんだと集まり出している。

そこへ、バートルと同じ服装に身を包み地龍に跨ったセルジを先頭に、バゼル、ホランそして俺とシロが続く。

「……来たな、セルジ」

「あぁ、待たせたな、バートル」

セルジは地龍から降りて前へ進むと、再びバートルと対峙する。

セルジの地龍は、ホランがバートルの連れていた地龍の側へとつないだ。

「ゲギャァ」

「ゲギャギャギャア」

二頭の地龍は、お互いに何かコミュニケーション？　を取っている様子だ。

ご主人たちと違ってやり合おうって雰囲気ではなく、とても仲が良さそうで安心した。

そして向かい合ってじっと睨み合う二人の下へ、族長のバゼルが歩み寄る。

「我らブリヤート族古来の正装に身を包んだ両名。お前たちは掟に従い、一族の決闘に臨むということで異論はあるまいな」

「はい」

「おおともさ！」

（決闘……。成程、あの勝負服にはそういう意味合いがあるのか）

……おいおいどこの誰だよ、結婚式とか言ってた奴は。

「承知しているとは思うが、掟に則り説明する。原則、武器の携帯を禁止する以外は特に禁則事項はない。互いの全存在を賭け、全力で衝突せよ。わしからは以上だ」

おいおい、マジかよ？

逆に言うと、目潰しや金的、噛みつきから投げ技締め技まで何でもありなんか？

そんなの、下手したら死ぬぞ？

いや、だからこその勝負服なのか……。

ハラハラしながら状況を見守る俺をよそに、バゼルは続ける。

「では汝バートル、勝利した際の望みを述べよ」

「へっ……！　俺の望みはただ一つ。セルジの野郎をここから追い出し、次にこのブリヤート族の族長になることのみよ‼」

バートルは天高く拳を突き出し、高らかに吠えた。

ものすごい気合いの入りようだ。

周囲が大きくどよめき、ホランも心配そうな表情でそれを見つめる。

「相違ないな？」

「おうよ。あぁ、あとよ、負けた時は潔くこの集落から出て行くし、金輪際ブリヤート族であることは名乗らねぇと誓うぜ」

バートルの真剣な表情が、不退転の決意でここに臨んでいることを如実に示す。

セルジは眉間にシワを寄せ、厳しい表情でバートルを見ていた。

「全て承知した。では続いて、汝セルジ……」

バゼルがそう続けようとした時だった。

「……もういいぜ族長。俺はなぁ、この日をずっとずっと待ちわびていたんだ。いやぁ、長かったぜ……」

バゼルが片眉を上げて、バートルを見る。

ルール説明を遮られたバゼルの額に、くっきりと青筋が浮かび上がっていた。

（いや、あいつすげぇな……。俺ならバゼルにあんだけ睨まれたら、すんません！　自分ちょっと勘違いしちゃってました！　って、即ジャンピング土下座もんだぜ……）

「……バートル、今わしはセルジに問うているのだが……？」

だがバートルは、そんなバゼルの威圧に怯むことなく続ける。

「はっ！　俺が勝てば次の族長は俺。負ければ出て行く。それでいいじゃねぇか……。なぁ、セルジよぉぉ――――‼」

　ズダダンッ！

　突如バートルは猛然と駆け出し、セルジの方へと突進する。

　これには、さすがのバゼルも意表を突かれたようだ。

「……まっ、待たんか、バートル⁉」

　俺は咄嗟にセルジを見るが……。

（あれ、セルジの奴、全然身体強化してないぞ⁉　おいおい、そんな状態でぶん殴られたら……！）

　だがセルジは微動だにしない。

　あくまで自然体で、その視線はまっすぐにバートルを見ていた。

　そして……。

　バキィ‼

　ガッシャァ――――ン‼

　バートルの強烈な右ストレートが、まともにセルジの顔面を捉えた。

　セルジはものすごい勢いで後方に吹っ飛ばされ、そのまま倉庫として使われているテントに突っ込んでいく。

　おいおい……、大丈夫か……？

　というか……、い、生きてます……？

バゼルはセルジが吹き飛ばされた方をじっと見つめている。

口元に手を当てて絶句するホランをはじめ、集落の人々もどよめいた。

しかしそんな中、先制パンチに成功したバートルだけは少しも笑うことなく、拳を突き出したままの姿勢で言った。

「……来いよ。強くなったんだろうが……」

カラカラ、カラン……。

俺は小さな物音が鳴った方に目をやった。

どうやらそれは、衝突の勢いで破壊されたテントの方からの音らしい。

そしてそこに、セルジは立っていた。

殴られた左頬は少し腫れて青くなり、口は痛々しく切れて血を流している。

それでもセルジは、しっかりとした足取りで再びバートルの下へと歩いてゆく。

バートルも、そんなセルジをじっと見つめていた。

次に口を開いたのはセルジだった。

「バートル……、この最初の一発。俺はどちらにしても甘んじて受ける気だった。……全ては、この俺の弱さが招いたことだからな……」

それを聞いたバートルはニヤリと口角を歪める。

「はっ！　それは殊勝なこった！　……でぇ？　このまま大人しく俺に負けて、族長の座を譲ってくれんのかよぉ？」

「ぺっ！」

セルジが赤い血のまじった唾を吐き出した。

げげ～、歯が折れとるじゃないか……。

「すまないがバートル、それはできん」

――そうつぶやいた瞬間だった。

セルジは集中していた無属性魔力を一気に解放すると、自身の身体の隅々にまでそれを循環させ、肉体の強化を図る。

その魔法行使の様子は何の違和感もなく、一切の淀みもなく、ついつい俺も見入ってしまうほど、スムーズに行われていた。

(……おぉぉぉ‼　特訓の成果……‼)

セルジの身体は、魔力により加速度的に強化されていく。

うんうん、よくぞそこまで成長したな……。

おっちゃんは嬉しい……、まるで巣立っていく雛を見る親鳥のような気持ちだわ……。

「俺は強き族長バゼルの息子として、次代の族長となり、このブリヤートの一族に尽くしていかねばならん……」

セルジは大きく息を吸い込むと、深く腰を落とした。

いよいよもって、戦いの姿勢だ。

「来い！　バートル――‼」

セルジが叫んだ。

その叫び声は雄々しく、猛々しく、そして凛々しく響き渡る。

そんなセルジの雄叫びにバゼルやホランを含め、その場にいた全員が戦慄した。

（そりゃそうだ。最早これは単なる気合いの叫びなとではなく、強力な無属性魔力の乗った、凄まじい『威圧』の領域だ……）

それは相対するバートルも例外ではない。

セルジの強烈な威圧に驚愕し、なんとか尻もちを突かないよう辛うじて耐えている。

加えてバートルからすれば、一か月前とはまるで別人のようなセルジの姿に驚きを禁じ得ないのだろう、大きく目を見開き、その額からは冷汗が滲み出ていた。

「……へっ、へっへっへ……。ちったぁやるようになったじゃねぇかよ……？　そこのちっこいお坊っちゃんとの特訓の成果ってわけか……」

バートルは俺を睨みつけた。

もちろん俺は笑顔で手を振るとともに、にこにこして愛想を振りまいておく。

「はっ！　……んじゃまあ、その特訓の成果とやらを……、見せてくれやぁ‼」

戦いの口火を切った先ほどの一撃に勝るとも劣らない勢いで、バートルは再び猛然とセルジに殴りかかった。

だが。

パシィッ！

その場にいた全員が目を疑い、再び言葉を失う。

それは確かに、まともに受ければ巨大な肉体を持つ地龍でも吹っ飛ぶような、バートルの渾身の右ストレートだった。

俺もそう思ったのだが……。

「……か、片手で受け止めただとぉ～⁉」

目の前のあまりの事態に、思わずバートルは絶叫した。

しかし片やセルジは、それに動じることもなく、落ち着いた様子でバートルに告げた。

「……武器を、お前の自慢の斧を持ってこい、バートル。このままでは差がありすぎる」

「……んな、なな、……なんだとぉ……⁉　……うぐぐっぐ……！」

セルジの言葉に心底怒り、バートルは額に大きく青筋を浮かべた。

しかしバートルは怒りながらも、その自慢の腕力を涼しい顔をしながら片手で押さえ込むセルジに対する理解が追いつかない。

「ぶ、武器を持って来い⁉　差がありすぎる⁉　大きく出やがったなセルジィ‼　……いいぜ？　お望みどおり、ぶった切ってやらぁ‼　それでいいんだなぁ、族長よぉ⁉」

バートルは怒りの形相でバゼルを見る。

「……うむ。双方の合意があれば、わしに異論はない」

「そ、そんな⁉　二人を止めてよ父さん！　このままじゃ、兄貴が……‼」

取り乱すホランを無視したバゼルが静かに頷くと同時に、セルジはバートルの拳から手を離した。

「上等だぜぇ……‼」

バートルはそのまま自分の地龍の下へ駆け寄ると、鞍に括り付けていた斧を手に取った。

その時、並んでいたセルジとバートルの地龍たちをよく見ると、なんとも仲睦まじくお互いの体を寄せてじゃれ合っていた。

「ゲギャ！　ゲギャ！　ゲギャ！」

「ゲギャーン……、ゲギャーン……」

「へっ……。相変わらず仲いいなぁ……、お前らはよぉ……」

小さな声でそうつぶやいたバートルは、セルジの方へと向き直ると再び猛然と走り出した。

セルジはさらに無属性魔力で身体を強化する。

「さあ来い、バートル‼」

「うおりゃぁ‼　喰らえセルジィ‼」

バートルはその巨体に見合わない跳躍力で、高く空中へと飛び上がった。

誰もが息を飲んだ。

しかし、誰一人として目を逸らさない。

（男と男……、いや、漢と漢の真剣勝負……！）

俺はバゼルやセルジをはじめ、集落の他の人たちに光の治癒魔法を行使できることは伝えていない。

ゆえに、セルジが俺の治癒魔法を期待してバートルに斧を持ち出させたわけではない。

（セルジは算数全般はちょっとアレだが、決してバカじゃない。ならきっと、これはそういうことなんだろう）

「兄貴‼　バートル‼」

悲鳴にも似たホランの絶叫がこだまする。

グワシャアーーーン‼

鈍い金属音が広場に響いた……。

バートルの斧の一撃は確実にセルジの額を捉えていた……、かに見えたが。

ポタ……。

ポタ……ポタ……。

真っ赤な血がセルジから滴り落ちる。

勝負は決したと、そこにいた誰もが考えた。

……いや、正確にはそう錯覚していた。

――なぜなら。

「そんな……、そんな馬鹿な……⁉　……お、俺の斧が……通ってねぇ……‼」

なんとバートルの斧は、セルジの頭を砕くどころか、クロスした両腕でガッチリとガードされ、腕の表皮を傷つけたにすぎなかったのだ。

俺も思わず安堵のため息を漏らす。

（……にしても無茶するなぁ。まあ大丈夫だろうとは思ってたけど、俺もインパクトの瞬間、思わず拳に力が入っちゃったぜ……）

ポロッ……。

ガシャン……。

バートルは思わず右手に把持していた斧を取り落とした。

「次はこちらの番だ、行くぞバートル。これが俺の特訓の成果だ！」

そうつぶやいたセルジは、右手をゆっくりと前に出すと、その二の腕辺りに左手を添える。

そして以前のような魔法詠唱などは一切せず、ただただセルジは魔力を集中させた。

キュイイイイ………‼

セルジの右腕に、凄まじいまでの魔力が集まって来る。

（さぁ、セルジ。訓練の集大成を見せてやれ！）

「ま……待て！　待ちやがれ‼　一体何をするつもり……」

バートルは斧を拾うことも忘れ、じりじりと後ずさった。

「イメージは怒涛の水流！　流れ出る水は激憤の如く！　ゆくぞバートル‼　これが俺の全力全霊‼　ナイアガラの……、川下り――っっ‼」

ドッッッバシャアァァァ――ン！！！

「ぐっ、ぐわあぁぁぁ……⁉」

セルジの右腕から、膨大な量の水がものすごい勢いで繰り出された。

な、名前はちょっとアレだけど、その威力は本物だ。

激流が直撃したバートルは、そのままものすごい勢いで、集落を囲っていた柵を突き破ると遥か外まで吹っ飛んでいった。

「……そ、そこまで‼　勝者セルジィ――‼」

うわあぁぁぁぁ！！！

大きな歓声と拍手が広場に巻き起こった。

「すごいじゃないか、セルジ‼」

「い、いつの間にあんなに強くなったんだ⁉」

「すげぇや！　セルジ兄ちゃん」

戦いを終えたセルジに対し、人々から惜しみない拍手や喝采が贈られる。

だがセルジはそんな祝福の声などには目もくれず、その歩みを倒れたままのバートルの方へと向けた。

やがてセルジは倒れていたバートルの側へしゃがみ込むと、その身体をゆっくりと抱え上げる。

「……な、なんだよ……。けっ……、敗者を笑いに……来たのかよ……」

息も絶え絶えのバートルは、それでもなおセルジに憎まれ口を叩いた。

だが、セルジがそれに怒る様子は微塵もない。

セルジは首を小さく左右に振ると、小さな声で語りかけた。

「バートル……。これまで本当にすまなかった……。俺が……俺が不甲斐なかったばかりに……」

「何だそりゃ……。あれだけ派手に俺に勝ったくせに、なに謝ってんだお前は……？」

「バートル……。俺はずっとわかっていたよ。俺のためにお前が……、お前があの日の約束をずっと守ってくれていたこと……」

「…………‼」

歯を食いしばったセルジの目から大粒の涙が止めどなく溢れ、頬を伝って流れ落ちる。

そしてその雫は、次々にバートルの頬へと落ちていった。

「……約束だぁ？　はんっ！　そんなもんこの俺が知るかよ……。なに泣いてやがんだ、お前……。ちったぁ強くなったかと思ったが、相変わらず弱ぇ奴だぜ……、お前はよぉ……」

「あぁ……、そうだとも……。俺が弱かったから……、こんなだったから……、お前に迷惑ばっかり掛けて……。お前は常に俺の側で、俺を立派な族長にしようと、心を砕いてくれていたというのに……」

「……知るか……。俺はただの……、自分の強さに酔って族長になろうとした、ただの謀反人だよ。約束どおり、敗者はさっさとここを出て行くさ……」

その時だった。

今度は一人の女性がバートルの横にしゃがみ込んだ。

ホランだ。

「バカ！　バカバカバカバカバーカ！　バカバートル‼　……あんたが、あんたが魔法使いとわかって自信をなくした兄貴を励ますために……、いっつも喧嘩売ったり憎まれ口を叩いたりしてたのは……、みんなみんな知ってんだからなぁ‼　……なのに……、なのに一人で全部背負い込もうとしやがって……、このバカ！　バカバカバカ！　……うわぁ――ん‼」

セルジに抱えられたバートルの胸の上に寄っ掛かり、ホランは大泣きし始めた。

嗚咽を漏らしながらホランは続ける。

「あんたが昔兄貴にした『族長になった兄貴をずっと支えてく』って約束……、バカみたいにずっと守ってさぁ……。引っ込み思案でちっちゃかったあんたが、兄貴のためにバカみたいに鍛えて、でっかくなって……。んなこと全部全部わかってんだよぉ……‼」

「……な、何回バカバカ言いやがんだ、お前……。ははは、けど何度も言わすんじゃねぇよ、そんな子供の頃の約束なんて、とっくに忘れちまったぜ……」

そうして泣き続けるホランの横に、いつしか族長バゼルは立っていた。

顔が影になっていてその表情は読めないが、三人をじっと見下ろしている。

「うぐっ……、族長よぉ。最初に伝えたよな……？　俺は戦いに負けた……。セルジの奴も十分強くなった……。最早何も思い残すことはねぇ……。俺は早々に、ここを出て行くぜ……」

セルジの手を払い除けると、フラフラしながらバートルは自ら立ち上がった。

そこで小さく口を開いたのはセルジだった。

「父上……。いや、族長。俺は、俺はまだこの戦いに賭ける望みを伝えていない……！」

バゼルはその言葉に頷く。

「うむ……、汝セルジ。勝利した後の望みを述べよ」

セルジの両眼から、再び涙が溢れた。

「俺は……、やっと……、やっと少しだけ強くなれた……。自暴自棄になりかけていた俺などを、義理も必要もないのに一から鍛えてくれたレイン、常に目標であり続けた誰よりも強い父上、いつも出来損ないの兄を想ってくれる優しい妹ホランや集落のみんな……。そして……」

セルジは声にならない声で続ける。

「……子供の頃から……、こんな俺なんかを見放さず、バートルが声を掛け続けてくれた……！支え続けてくれた……！　俺はただ……、自分の運命を呪うばかりで、その声をまともに聞こうともしなかったのに……‼」

セルジは涙を流しながらゆっくりとバートルの側へ歩み寄ると、今にも倒れそうなバートルの大きな身体を、優しくそして力強く支えた。

「だから……、俺は、……俺が望むことは、これからもみんなで……、ここにいる全員で、このブリヤートの大地で、助け合って生きていくことです……‼」

バートルはセルジの言葉に大きく目を見開いた。

「ぐっ……！　こ、このバカ野郎がぁ……‼」

次の瞬間、堰を切ったようにバートルの両眼から涙が溢れ出した。

あれ、俺も目から水が……。

「……おい、お前めちゃめちゃ泣いてんじゃんか、バートル！」

「ちっ、違わぁ！　泣いてなんているか‼　セルジの奴が流してた涙が俺にかかっただけだってんだよ！　きったねぇなぁ、ちくしょう……‼」

「……うむ、承知した。バートルもよいな……？」

バゼルの声はとても優しかった。

（あぁ、成程。やっぱバゼルにとっては、きっと二人ともが手のかかる息子なんだな……）

「けっ……！　ほんっと、甘ちゃんばっかで困るぜ……！　こんなに甘い奴らは心配で心配で仕方ねぇな……！　俺が側で護っててやんねぇと、危なっかしくて見てらんねぇ……！」

「……あぁ、頼んだぞ……、バートル……！」

セルジは涙ながらにバートルに握手を求め、手を差し出した。

バートルもその手を取ろうと、ゆっくりと手を伸ばす。

誰もが死闘を終えた若い二人を祝福した。

こんなにも強くて思いやりのある二人の若者がいれば、ブリヤート族の未来はこれからも明るい、誰もがそう思った瞬間だった。

もちろん俺だってそう思ったさ。

……そう思って、油断してた……。

「ゲギャアァ――ッッ‼」

少し離れた場所で、バートルの相棒の地龍がけたたましい鳴き声を上げた。

その瞬間の出来事だった。

「あぶねぇ！　セルジィ‼」

バートルは大声を出すと、咄嗟にセルジを突き飛ばす。

――次の瞬間、赤い血飛沫が舞った。

第十五話　大草原に平和を

「バ、バートル――ッ‼」

セルジの怒号が響く。

くそっ！　俺としたことが！

まさか、こんなタイミングで攻撃してくるなんて……！

「こ、こいつは……、サンドワームか……‼」

バゼルは両手を構え、すぐさま臨戦態勢を取る。

俺はサンドワームと呼ばれた魔獣を見た。

いや、見上げた。

集落の地面から、突如顔を出したもの。

いやぁ、こりゃ顔を出したなんてかわいいもんじゃないな。

それは、一言で例えると巨大なミミズだった。

……だがミミズはミミズでも、あまりにもでかいミミズ。

黄土色をしたその長い長い体は、まるで三階か四階建てのビルの如くそそり立っていた。

さらに、おそらく顔の部分？　なんだろうが、深緑色の眼と思われる器官がまばらかつ複数備えられており、大きく丸く開いた口元には、おびただしい数の不揃いでギザギザな牙が見える。

まさにこれを魔獣と言わずして、なんと言おうか！

ごめん！　正直言ってめちゃめちゃ気持ち悪いです！

「と、父さん！　サンドワームってのは砂漠の魔獣じゃなかったのかよ⁉　何でこんな場所に……⁉」

サッと剣を抜き、既に戦闘モードに入っているホランも叫ぶ。

「むぅ、そのはずだがな……。その長く巨大な体の中に周囲の水という水を取り込み、広大な砂漠のオアシスですら枯渇させてしまうというやっかいな魔獣よ！　……しかしそのような魔獣が、一体なぜこの集落に……」

砂漠……、オアシス……、水……、枯渇……。

成程……、ようやくわかってきたぞ……？

（つまり誰かが、わざわざどっかの砂漠からこのサンドワームを連れてきた上で、ブリヤート大草原に点在する湖の水を涸れさせたってわけだ……！）

はっは～ん。すると、涸れた湖の底にあったあのでっかい穴は、こいつの住処だったんだな……。

俺は倒れているバートルと、必死に止血の措置を講じるセルジを見た。

おそらく、先ほどバートルがセルジを庇った時のことだろう。

バートルの左腕は、付け根の部分から歪な形に喰いちぎられていた。

セルジの必死の措置が功を奏したのか、バートルは意識を失ってはいるものの、出血量はマシになってきている。

　しかしながら、極めて重篤な状態であることに変わりはないだろう。

「バートル……！　しっかりしろ！　バートル‼」

「セルジ！　来るぞ‼」

　俺の叫び声に、セルジはハッとしてこちらを振り向いた。

　だが巨大なサンドワームはそんな俺の声を一蹴するように、その黄土色の肉体を大きくうねらせると、さながら超巨大な鞭の如く、セルジとバートルに襲いかかる。

　ガギィ――ン‼

　間一髪、ホランがセルジとバートルの前に立ち、剣でそのサンドワームの体当たりを防いだ。

　その前に、すぐさま族長バゼルも並び立つ。

「させるかよ！」

「ふんっ！　我が息子らには、これ以上一歩たりとも近寄らせん！」

（さすがはブリヤートの戦士、すっげぇ気迫。けど主役はホランでもバゼルでもないよな？）

　俺は再びセルジに向かって叫んだ。

「しっかりしやがれ、セルジィ！　何のために特訓したんだ⁉　お前が身体張ってホランやバートルを守ってやらねぇで、どうすんだ‼」

　思わず地が出てしまったが、今はそんなことに構っている暇はない。

　俺の呼びかけに一瞬目を丸くしたセルジは、すぐに冷静さを取り戻すと、バートルの身体をそっと地面に下ろす。

「バートル、すぐ戻る。しばらく耐えてくれ」

セルジはそうつぶやくと、自らの肉体に身体強化を施しサンドワームと対峙した。

「レイン、そして父上も、ここは手を出さないでくれ……！　ホランはバートルを頼む。こいつだけは、必ず俺の手で仕留めて見せる……！」

「……よかろう。セルジよ、ブリヤートの戦士たる誇り、バートルの分まで存分に示せ！」

「はいっ、父上！　いくぞ化け物！」

セルジはそう叫ぶと、深く腰を落とし、その身体の中に水の魔力を練り込み始めた。

「くらえ！　ナイアガラの……川下りぃ‼」

ドッッッバシャアァァァ――――ン‼

セルジの右手から激流の如き水が放出された。

だが……。

「ギョアアァァァ――――‼」

サンドワームは不気味かつ不快な鳴き声を上げるとともに、まるで口が裂けたかのように大きく口を広げる。

そして間髪入れず、セルジが放出した水の先端部分に大きく開いた口をあてがうと、そのまま全ての水を吸収してしまったのだ。

「なっ、何ぃ……⁉」

するとサンドワームは、今度はこちらのターン！　とばかりに、セルジに向けて巨大な槌のようなその顔を振り下ろした。

ドッゴオォォ――ン‼

間一髪、セルジはその強烈な一撃を後方に飛び退いてかわした。

「ギョアァァァァ……」

攻撃がかわされたことに苛立っているのか、サンドワームが再び鳴き声を上げる。

だがセルジの方も、少々息が上がってきていた。

「はぁ……、はぁ……、くそっ！　もう魔力が……」

バートルとの戦いに引き続き、二発もあんなに魔力を消費するでかい水魔法を使えば、そりゃ魔力切れにもなるか……。

俺がセルジに魔力を分け与えることは簡単だけど……。

「セルジ！　よく考えてください！　大きな水の流れを飲み込んでしまうような相手なら、飲みこませないように撃つんですよ‼」

「はぁ……、はぁ……、ふぅ。飲み込ませないように、撃つ……？　はっ！　そうか、そういうことか！」

どうやらセルジは、無事答えに辿り着いてくれたらしい。

やったれ、セルジ‼

「スー、ハー、スー、ハー……」

セルジは落ち着いて呼吸を整え、残り少ない水の魔力を練り込んでいく。

他方サンドワームも、うねうねと気持ち悪く動きながら、攻撃の機を窺っている。

「いくぞ……！　飲み込めるものなら、飲み込んでみろ……！」

セルジはそう叫ぶと両手の指を前に突き出し、サンドワームへ狙いを定めた。

「くらえ！　ナイアガラの……水飛沫‼」

ズドン！　ズドン‼

ズドドドドドドン‼

次の瞬間、セルジはサンドワームに向け、十本全ての指からビー玉程度の大きさの水の玉を次々に撃ち出し始めた。

もちろん、それはただの水の玉ではない。

一発一発が濃密な水の魔力で構築され、研ぎ澄まされた弾丸のようになっているばかりか、一点集中でそれを打ち出しているため、その速度はナイアガラの川下りとは比べ物にならないぐらい速く、まるでマシンガンのようだ。

「ギョア⁉　ギョアアァァァァアア……⁉」

最初の方こそ、小さな水の玉をいくつか飲み込んだサンドワームだったものの、次から次に体全体に向かって撃ちこまれる玉の前にはなす術もなく、悲痛な鳴き声を上げた。

だがこのサンドワームもなかなかにしぶとく、攻撃するセルジの魔力も尽きかけていた。

「くっ……、このままで俺の方が先に魔力切れに……。なんとかしなければ……」

キラリ――。

ふいにセルジの視界に、太陽の光を反射した何かが飛び込んできた。

「……！　これだ！」

その直後、セルジはなぜかサンドワームを撃つのをやめると、今度は突然その周りの地面を撃ち始める。

激しい水魔法が幾度となく撃ち込まれた地面から、高く高く、土煙が舞い上がった。

「ど、どうしたんだ兄貴……⁉　狙いが逸れちまったのか⁉」

バートルを介抱しながら、セルジの戦いを見守っていたホランが叫んだ。

「ギョアアァァァ――‼」

セルジの攻撃で体中から青い血を流しながら、サンドワームが一際大きな声で鳴いた。

そして今度はこちらの番だとばかりに、魔力の尽きかけたセルジに狙いを定めた……はずだった。

だが土煙の向こう、先ほどまでセルジが立っていた場所には、最早彼の姿はない。

「ギョギョアッ⁉」

（やるじゃん、セルジ！　最後の身体強化、百点満点だぜ？）

しばし遅れてセルジの気配に気付いたサンドワームは、上空を見上げた。

「でやあぁぁ――っ‼」

空高く跳躍していたセルジは巨大な斧を振り上げると、一刀のもとにサンドワームを頭上から切り裂いた。

「ギョアアアア…………‼」

ドッシ――ン‼

顔の部分をぶった斬られたサンドワームは、青い血飛沫を上げながら、轟音とともにその巨体を地面に横たえた。

「ふぅ……。サンドワーム、確かに討ち取ったぞ」

わあああああああ‼

集落中から歓声が上がった。

「……よくやった。強くなったな、セルジよ」

「いえ、俺だけの力ではありません、父上……。最後の最後まで、俺はバートルに助けてもらいました……」

セルジは右手に持っていた斧をじっと見つめた。

そう、セルジが最後に振り下ろした巨大な斧はバートルの斧だった。

先ほどの決闘の折、バートルが落としたそれは、結果的にセルジの最後の一撃を担うこととなったのだ。

「ありがとう、バートル……」

その様子を見ていたホランもほっと胸を撫で下ろすと、小さく微笑んだ。

バートルの下へは集落のみんなも駆けつけており、どうやら一命は取り留めた様子だ。

（いや〜、よかったよかった。ま、普通ならこれでめでたしめでたしなんだけどな……）

「すぅ〜……、はぁ〜……」

セルジの奮闘に沸き立つ人々の姿を見ながら、俺は大きく一つ深呼吸すると、身体の中に一気に魔力を練り込み始めた。

「さてと……。シロ、準備はオッケーかな？」

俺は、隣で行儀よくお座りしていたシロの頭を優しく撫でながら、そう問いかける。

「ワンワン！　アオ――ン！」

準備万端、待ってました！　とばかりに、シロは元気よく雄叫びを上げた。

よしよし、いい子いい子。

また後でたくさんモフモフしてやろうな？

「ど……どうしたんだ、レイン？」

ただならぬ様子を感じたセルジが、疲れ切った身体をおして俺たちの所へ駆け寄ってきた。

「いえ、別にどうということはありませんよ、セルジ。シロと僕は、少し準備していただけです。だって、ブリヤート大草原には、湖はあと二つあるじゃないですか」

俺は右手で二本の指を立てると、それをセルジの方へ向けた。

「あ……！」

「ぬぅ……！」

俺の言葉や仕草から即座に内容を理解したセルジとバゼルは、再び周囲の警戒を始めた。

だが俺は二人に言った。

「大丈夫です、バゼル殿、セルジ。今度は僕……いえ、僕とシロに任せてください……。こういう酷いことをする輩には、きっちり落とし前をつけてやりませんとね……」

「……っ‼」

俺の怒りを敏感に感じ取ったセルジは、一歩後ずさった。

生活の糧たる湖を奪ったり、決闘の終了間際のタイミングで魔獣をけしかけたりと、俺はその陰険なやり口に内心腸が煮えくり返っていた。

あまりの怒りについつい身体から漏れ出してしまった魔力は、セルジを驚かせてしまったかもしれない。

そんなことを考えていた矢先――。

ズボッ！

ズボボッ‼

「ギョルアアァァァァァァァ‼」

先ほどセルジが討伐したサンドワームよりもかなりでかい二匹のサンドワームが、地面から勢いよく飛び出してきたのだ。

「予想どおりのタイミングだったね。じゃあシロ、一匹頼んだよ。あとの一匹……いや、一匹ともう一人は、僕がやる」

「ガルルル…………、ガァ――ッ‼」

シロは一旦前傾姿勢に構えると、すぐさまサンドワームに飛びかかり、交戦を開始した。

まあ、うちのシロに限っては、何も心配いらないだろう。

無事サンドワームを討ち取った暁には、美味しいおやつの詰め合わせをあげるからね？

（それよりも……）

「ギョッギョッギョッ……‼」

サンドワームはその巨体を揺らしながら、まるで嘲笑うかのように俺を見下ろしていた。

んん、何だおい？

小さな俺を見て笑ってやがるのか……？

ギョギョギョギョって……、お魚大好きさか◯クンかよ……お前。

「正直、君なんてどうでもいいんだけどさ……」

俺は体を不気味に揺らすサンドワームをスルーして、その後方の空へと視線をやる。

そして。

（――――いた。見つけたぞ）

俺は、集落の遥か上空を大きく旋回する一羽の鳥を見つけた。

成程……。

確かあれは、父の書斎の机の上で寝転んで本を読んでた時、間違ってミルクをぶちまけてしまった際に開いてたページに載ってた奴だ。

そう、あれは……。

「砂漠の怪鳥、デザートイーグル……」

　地上からでは詳細な姿まではわからないが、羽を広げたその大きさが二、三メートルはありそうなその鳥は、ブリヤート大草原の上空を大きな円を描くように悠然と旋回している。

　確かミルクでベトベトになった父のその本には、『砂漠地帯に生息する巨大な鳥の魔獣』などと書かれていたはずだ。

「ギョギョギョルアアア……‼」

　サンドワームは先ほどと同じく不愉快な鳴き声を発すると、正式に俺をロックオンしたのか、まるで鞭のようにその巨体をしならせ始める。

「……デザートイーグルとサンドワーム……。どっかの誰かが、わざわざ砂漠の方からこいつらを引っ張ってきたってことだな」

　俺は徐々に振り幅を広げていくサンドワームを無視して、上空のデザートイーグルに対し、さらに意識を集中させた。

　すると。

（……うん。具体的な方法とかはようわからんが、あのデザートイーグルから何か別の奴の魔力が感じられる。……憑依というか乗っ取りというか、とにかく誰かが魔獣の眼を通して、自分だけ安全な場所から高みの見物を決め込んでるってわけね……？）

……ビキビキ……。

　俺は、自分の額に青筋が浮かび上がる感触を感じた。

そして、相変わらずバカみたいにブンブン揺れていたサンドワームが俺を攻撃しようとした、その瞬間――。

「見てますよね……？　聞こえてますよね……？」

俺は上空のデザートイーグルを睨みつけながら、他の誰にも聞こえないような小さな声でつぶやいた。

俺はカッと目を見開く。

同時にこれまで身体に練り込んでいた無属性魔力を一気に放出すると、目の前に迫っていたサンドワームごと、遥か上空に浮かぶデザートイーグルに対し、濃密な殺気をはらんだ強烈な威圧をぶち当てた。

「ギョッ…………!?」

まるで時間でも止められたかのように、サンドワームは瞬時にその動きを完全に停止させた。

デザートイーグルも、一瞬その大きな羽をばたつかせバランスを崩した様子だったが、地上から遥か上空を飛んでいたためか、なんとか持ち直したらしい。

俺は続けて身体に魔力を練り込んでいく。

そしてさらに鋭い目でデザートイーグルを睨み続けた。

「ギョ……、ギョルル……、ギョル、ギョル…………」

その一方、俺自身気にも留めていなかったサンドワームだが、どうやらさっきの威圧に当てられたのか既に戦意を喪失したらしく、その体をゆっくりと飛び出てきた穴へと沈ませ始めた。

有体に言うと、逃げ出すつもりらしい。

「ふふっ、どこへ行くんです？　ここで君を逃しちゃうと、元も子もないじゃないですか」

俺はサンドワームにちらりと視線をやってそう語りかけると、ある魔法のイメージを始める。

（……拘束する。……イメージは鎖だ。一度絡みついたが最後、地獄の門番ケルベロスであろうとも絶対に逃れられないような、真っ黒な鎖……）

俺は練り込んだ魔力を、普段あまり使うことがない『闇』の属性に変換していく。

「平素はあまり使わない闇属性の魔力ですが、魔獣を利用してばかりの根暗なあなたには、お似合いだと思いませんか？」

俺は、そう言ってニヤリと笑うと右足のつまさきを少しだけ上げ、トンッ！　と、軽く地面を踏みつけた。

次の瞬間――。

ギュルルルルル！

ギュルギュルギュル！

ガキイィィ――ン‼

サンドワームの周りの地面から漆黒の鎖が幾重にも重なって突出し、瞬く間にその黄土色の肉体を雁字搦めにした。

「ギョ……、ギョギョギョ～……」

逃走を図ったその矢先、身動きが取れなくなったサンドワームは情けない声を上げた。

俺は、なおも上空のデザートイーグルを睨みつけながらゆっくりと右手を持ち上げると、人差し指と中指の二本を突き出し、サンドワームの顔部分に照準を合わせる。

（二本の指に魔力を集中……、続いてそのど真ん中に無属性魔力を収束……、固定。指を流れる魔力のイメージは、とびっきり強力な電流だ……‼）

ビリ……！

ビリビリビリ……‼

俺は人差し指と中指の間に無属性魔力を集中させると、それを極限まで収束させてその場に押し留める。

さらに水と風の魔力を合成して雷撃の魔法を構築し、それをサンドワームへ向けて突き出した二本の指に集中させて、強烈な電流をまとわせた。

（……強力な電流が流れれば、そこに磁場が発生する。すると、そこに挟まれた電気を帯びた無属性魔力は、『凄まじい力と速度』で射出される……。そう、これは俺の、魔法仕立ての電磁砲《レールガン》だ‼）

俺の指に収束した魔力は凄まじい電流へとその姿を変貌させ、今か今かと解放の時を待つかのように青白く発光している。

そこで俺は一つため息をつくと、吐き捨てるようにつぶやいた。

「わかってますよね……？　どこのどなたかは知りませんが、今度こんなつまんないことをしたら……」

――そして全てを解き放つ。

「……地の果てまで追い詰めて！　ぶっ飛ばしてやっからなぁ――!!」

そう叫んだ俺は、上空を旋回するデザートイーグルと、サンドワームの顔部分がちょうど一直線になったタイミングを見計らい、押し留めていた全ての魔力を解放した。

その刹那、ブリヤート大草原が輝いた。

日が高く昇った日中であるにもかかわらず、太陽光さえ凌駕するような光量と熱量が迸る。

キィ――――ン!!

バシュン……！

それは一瞬、まさにほんの一瞬の出来事だった。

耳をつんざくような甲高い音が響いたその刹那、漆黒の鎖でつなぎ止められたサンドワームの顔が、文字どおり木っ端微塵に消し飛んだ。

そしてさらに、遥か上空を旋回していたデザートイーグルも同じく、まるで瞬時にこの世からその存在をかき消されたかの如く、粉々に弾け飛んだのだった。

※※※

「うっ、うぐあぁぁ――!?」

荒野の岩場で男は崩れ落ち、気が付けばその場で両手両膝をついていた。

——呼吸が荒い。

——冷や汗が止まらない。

だが、決して外気温からくる発汗ではない。

それは、この世全ての恐怖をかき集めてきたかのような、凄まじい殺気を浴びせかけられたため、本能的に流れ出た冷や汗だ。

「はぁ……、はぁ……、な、何だあいつは……？　私は何をされたのだ……？　そしてあの殺気に満ちた恐ろしい目やわけのわからない魔法は一体……？　……いや、そもあいつには私の姿が見えていたのか……？　バカな!?　向こうから私のことが見えるはずなどないのに……！」

ガチガチ……ガチガチガチ……。

男はいつしか、激しい悪寒にその身体を震わせていた。

「だがあれは……、確実に私を見ていた……」

ビュオオオォォ……!!

バサッ……バサバサッ！

荒涼とした大地に吹き荒ぶ一陣の風は、男がまとっていたローブを攫っていく。

ふいに、切り立った岩場に伏した男の姿が露わとなった。

エメラルドのような美しい翠色をした長い髪が、先端部分が少し尖った男の両耳を巻き込みながら風に揺れる。

「……おのれ……！」

男はゆっくりと立ち上がった。

蒼く澄んだ宝石のような色をした両の眼を、憎悪と混沌に曇らせながら。

「覚えておくがいい……。この借りは……、必ず返させてもらうぞ……！」

再び荒野に強風が吹き荒れ、砂埃が舞う。

怨嗟の言葉だけを置き去りに、いつしか男の姿は砂埃とともに消えていた。

——かくして、様々な思いが交錯したブリヤートの大草原は、徐々にその平穏を取り戻すのだった。

第十六話
さよなら大草原、こんにちはエリーの萌え姿

ブリヤート大草原を、今日も爽やかな風が吹き抜ける。

つい先日まで、湖が涸れていたり、地面からでっかいミミズがこんにちはしたりしていたのが、まるで嘘のようだ。

ブリヤート大草原の三つの湖やそこから流れる小さな川などは全て元どおりとなり、それぞれが美しい姿を取り戻していた。

俺はセルジの特訓の総仕上げを兼ねて二人で草原を巡り、各地の湖を満タンにして回った。

セルジはその都度、青い顔をして地面に横たわっていたが気にしな～い。

「お世話になりました。皆さん、お元気で」

俺はシロの隣に立ちながら、この間セルジとバートルが死闘を演じた中央広場で別れの挨拶をしていた。

そう、今日は平和を取り戻したブリヤート大草原から、俺の実家のあるプラウドロード男爵領へと帰る日なのだ。

「レイン殿。貴殿には本当に世話になったな。一族の長として、心から感謝する」

バゼルは深々と頭を下げた。

バゼルに倣い、他のブリヤート族も続けて頭を下げた。

「色々ありがとな、レイン！　けどさぁ、あたし今まで自分が魔法使いだなんて思いもしなかったよ！　これから色々特訓してさ、兄貴やあんたに負けないように頑張るからな！」

　ホランは頭の後ろで両手を組み、笑顔でそう言った。

　そう、俺は先日の戦いの後、セルジだけではなく実はバゼルやホランも魔法使いであろうことを説明したのだ。

　最初こそ目を丸くしていた二人だったが、ホランなどは『やった！　あたしもっと強くなれるじゃん！』などと言って、はしゃいでいたっけ。

　まあ、ホランはあれだけの身体強化が天然でできるんだ、魔法に関しては何も心配いらないだろう。

「ええ、ホラン殿。魔法はイメージが命です。明確なイメージがあれば、あとは何度も反復して訓練するだけですよ。あなたの成長、楽しみにしていますね」

　続いてセルジが前に出る。

「レイン、お前には本当に世話になった。心から礼を言うよ。ありがとう」

　セルジは俺に右手を差し出してきた。

　俺はにっこりと笑ってその手を強く握り返す。

「小さな手だ……。あの訓練の日々を乗り越えて、少しはレインに近づけたかと思ったのだがな……。先日の戦いぶりを目の当たりにした時、まだまだお前には遠く及ばないどころか、その背中すら見えていなかったのだと思い知らされたよ……」

セルジは少し眉を下げ、苦笑いしながら言った。

「ふっふっふっ～。これでも一応、形式的にはセルジの師匠になるんですからね？　そう簡単に超えられる目標なんて、セルジだって張り合いがないでしょう？」

シロの頭や頬をモフりながら俺は答える。

「ははは！　違いない。俺は今後もホランや父上、そしてブリヤートの皆とともに、レイン流魔法塾の修行を続けるとするよ。……必ずまた会おう」

「ええ、今後は交易も盛んになります。機会があれば、ぜひ今度はゆっくりうちの家に泊まって行ってくださいね。超かわいい僕の妹も紹介いたしますので。……あ、変なことしたら粉々にするから……」

最後の低く小さな声のつぶやきに、セルジは若干顔を引きつらせた。

ああ、そういえば大事なことを忘れていた。

「ところでバゼル殿、本当によかったんですか？　こんな大きな魔石を三つも頂いてしまって」

俺は荷物の中から、黄色く輝くバレーボール大の魔石を一つ取り出した。

それは集落の人々によって解体された三匹のサンドワームから取り出された魔石だった。

しかしでかいな……、これけっこう荷物のスペースを圧迫してんだよね……。

「うむ、一向にかまわん！　解体したサンドワームの肉は保存食にできるし、血液も薬剤の原料にできる。だがその魔石については、どうせ我々には必要のない代物だ。土の力を持った魔石、だったか？　特に我らにその力が必要だとは思えんのでな」

バゼルをはじめ、セルジャやホランも頷く。

だが俺はそこで、ふと考えついた。

「あ、確かにこの土の属性では、皆さんはあまり使うことがないかもしれませんが、仮にこれが水の属性ならどうです？　魔石に魔力を込めたら、あら不思議！　ウォーターサーバーのようにおいしい水が出てきましたよ、奥さん！　なんて感じならいいんじゃないですか？」

おっと、ついかつて見ていた某通販番組のように変なことを口走ってしまった。

「うむ……？　何やらようわからんが、水が出てくるというならそれは重畳。頻繁に湖に水を汲みに行く必要もなくなるからな」

バゼルは腕を組みながらそう答えた。

「オッケーです！　じゃあそれでいきましょう！　一個水のを作ります！」

今後、万が一異常気象等で湖が涸れたとしても、水が出る魔石が一つあれば俺も安心だ。

セルジの魔力育成にも、きっと役立つだろうしな。

（……もちろん、羊毛やおいしいチーズもしっかり生産してもらわないといけないしなぁ……、うっしっしっしっ……）

最後はちょっと邪悪な笑みがこぼれてしまったが、そこはそれ。

俺は右手に魔石を乗せると、水の魔力を練り込み始める。

「むむむ～……、えいっ」

俺の掛け声とともに、黄色く輝いていた魔石は、みるみる美しい青色へと変わっていく。

若干くすんでいたその色も、俺が魔石の属性変換を行った後は、前にも増して艶やかになっていた。

「はい、セルジ。じゃあちょっと、この魔石に魔力を込めてみてください」

俺は、ぽんっとセルジに魔石を手渡した。

「うわっ……、おっととと……」

セルジは戸惑いながらも魔石を受け取ると、半信半疑で魔力を込める。すると……。

ドッバアァァ‼

「うおっ、冷たっ⁉　……というより、み、水が溢れ出てきたぞ……⁉　す、すごい‼」

集落中がざわめくとともに、そこにいた全員が目を丸くして驚いていた。

ぷぷっ！　セルジはびしょ濡れだけどな。

「レイン、こ、これは……？」

「土属性だった魔石を水属性に変えました。これでもし、また何らかの原因で水不足に陥っても、最低限の飲料水は確保できるはずです。あと魔石に魔力を込めることで、魔法に慣れる訓練にもなりますからね」

俺は人差し指を立て、笑顔でそう説明した。

「ふむぅ、魔石とはこのように便利な物であったか。……しかしよいのか、レイン殿？　このような貴重なものを頂いても」

バゼルが申し訳なさそうに聞いてくる。

「いいんですよ、別に大したことじゃありません。むしろその方が交易相手である当家も安心できますしね」

「そうか、重ね重ねすまんな。しかし申し訳ないが、時折わしは本当にレイン殿は人族か？　と疑ってしまうぞ。その魔法の力、まるで子供の頃のおとぎ話に聞かされた創造の女神のようだな」

　バゼルはそう言うと、笑いながら空を見上げた。

　創造神……。

　その響きに、俺はふと尋ねてみる。

「あの、創造の女神のおとぎ話とは、一体どのようなものなのですか？」

「うむ？　レイン殿は知らないか？　この世の全ては創造の女神が形作った、という話だ。海、空、大地そして我々人族やエルフやドワーフ。果てはその他の種族をはじめ、生きとし生けるものの全てを創造した女神は、今も天上から我々を見守っているとされている。ふふふ、まあ子供の頃に誰もが聞かされる神話の類であるな」

　ほう。ほほ〜う。

　女神様ね！　俺その女神様知ってるかも！

「そういえば、間接的にセルジが破壊したあの大きな石……。あれって元々創造の女神様を祀っていたものだなんておっしゃってましたよね？」

「直接破壊したのはレインだけどな……」

セルジのツッコミなどは華麗にスルーし、俺は粉々になったまま放置された巨石の方へ歩み寄ると、その中の欠片をいくつか眺めていた。

「ワンワン！　ワンワン！」

ガサッ！　ガサガサッ！

その時、同じように石の欠片を見ていたシロが突然吠え始め、石の欠片の中に顔を突っ込み、何やらごそごそし始める。

「こっ、こら！　やめなさいシロ、めっ！　拾い食いはお腹を壊すよ？」

「アググ……、ググゥ……」

「んん？　どうした石なんか咥えて？　ついにシロの食い意地は行くところまで行って……ん？　あれ……？　この石、何か文字が刻まれてる……？」

俺はシロが咥えてきた石の欠片を手に取ると、そこにかすかに読み取れる文字のようなものを見つけた。

「へぇ、レイン、俺にも見せてくれ。……おお、かなり薄くなっているが、確かに文字に見えるな。ふむふむ……、これはおそらく……、うむ……」

セルジは石の欠片を手に取り、じっとそれを見つめている。

「なぁなぁ！　こっちにも何か文字っぽいのが刻まれたやつがあるぜ？　他も探してみよう！」

そこからしばらく文字が刻まれた石を数人で探したが、結局見つかったのはシロとホランが見つけた二つだけだった。

（こ、こいつはもしかすると、草原の真ん中に埋められた大判小判のありかを示す記述だったとか……⁉　ヒャッハー、でかしたシロ‼　お前ったらここ掘れワンワンができるワンちゃんだったんだな⁉）

「な、何て書いてあるんですかセルジ！　早く……、早く読んでくださいよぉ！」

俺は目をドルマークならぬ金貨マークにしながら、セルジに問いかけるのだが……。

「……す、すまないが、俺にはまったく読めん……」

ズコ〜ッ！　な、何だそりゃぁ‼

お前さっきふむふむとか言ってたじゃんよぉ⁉

「バ、バゼル殿やホラン殿は……？」

俺がチラリと視線を向けると、二人とも満面の笑みを浮かべて頷いている。

（あ……、察し……）

おいおい〜、族長一家ともあろう者たちが、何で文字一つ読めないんだよ〜。

正統な後継者のみに受け継がれる秘伝の文字とかそういうんじゃないのか……？

「……んん〜？　お、こりゃ古代ブリヤート文字じゃねぇか。なになに、所々かすれて読めねぇとこもあるが……」

その時遅れて広場にやってきた筋肉モリモリの大男が石の欠片を覗き込んで言った。

そう、バートルだ。

「え〜っと、『大草原の母なる創……女神ル……アをここ……祀る　遠き未来……ブリヤートの子らの繁栄……願って』か？」

　おぉ～……‼

　突然現れたバートルが、いとも簡単に文字を解読したことに驚きの声が上がった。

　もちろん俺もびびった。こいつ意外に教養あったんだな。

「なははは！　さっすがバートルだな。伊達に暇があれば本ばっか読んでるわけじゃないんだな！」

　ホランがバートルの背中をバンバン叩きながら笑った。

「痛ぇ、痛ぇよ！　……ちっ！　褒めてんのかけなしてんのかどっちだよ！　こんなもん族長が持ってる本を読みゃ誰でもわかんだろうが！」

　俺は、怖い顔でホランを怒鳴りつけるバートルの下へ歩み寄った。

「来てくれないのかと思いましたよ、バートルさん」

「はっ！　んなわきゃねぇだろ！　ところでこりゃお前がぶっ壊した巨石の欠片だよな？　こんな文字が刻まれてたなんて知らなかったぜ」

　バートルは顎に手を当て、石の欠片をじっと眺めている。

「これはおそらく巨石の一番上の部分だったんじゃないか？　だから今まで誰も気が付かなかったし、そこに書かれた文字も読むことができなかったんだろう」

「いや、セルジはどちらにしても読めなかったのでは……」

　訳知り顔で頷くセルジに、俺は思わずツッコミを入れる。

「ふむ。どうやらこれは創造の女神を祀った古いご先祖たちが、我々に向けたメッセージを刻んだ石碑だったようだな。ありがたいことだ」

バゼルは感慨深く石の欠片を眺めると、目を閉じて静かにそう言った。

……族長も古い文字を読めなかったことに関しては、誰も指摘しない……っと。

ま、結果的に宝の地図ではなかったが、遠い過去と未来をつないだ温かい言葉がわかったし、これはこれでよかったのかもしれないな。

「けど、肝心な名前のところが読めねぇな。『ル……ア』ってのはわかるんだが……」

……おそらく、おそらくだがそこには『ルーシア』と書かれていたのだろう。

古代の人々は、あの創造の女神ルーシアの名前もしっかりと認識していたということか。

（あっ、そうだ！　いいこと思いついたぞ！）

「えっと……、確か僕はどこかの本か何かで『創造の女神ルーシア』という名前を聞いたことがある気がします。まあ正しいかどうかはわかりませんが……」

それを聞いたセルジが俺に続く。

「成程、創造の女神ルーシアか。ふふふ、お前たちの国は信仰にも篤いのだな、素晴らしい。どうでしょう父上？　せっかくレインから創造神とされる女神の名前を聞いたのです、この魔石をルーシアの魔石と命名し、これからずっと皆で大切にできないでしょうか」

「うむ、よかろう」

バゼルは笑顔で快く頷き、セルジの提案を承諾した。

おお、セルジが何やら勘違いしているようだが、これは結果オーライ。

俺を転生させた女神ルーシアが、本当にブリヤート族が信仰していた創造神なのかどうかは知らんが、まあ仮に間違っていたとしても神様には変わりないんだし、多分親戚か何かってことで大丈夫だろう（適当）。

たしかあの時ルーシアは『無理に私への信仰を広める必要などはありません』的なことを言ってたような気もするが、それは逆に言えば、『うへへ……、でもほんのちょっとぐらいは広めちゃくれませんかね、旦那ぁ……』って感じにも聞こえるしな。

まあ、できることはやっておこうではないか。

「おっ、そうだそうだ。肝心なもん忘れるところだったぜ！　ほらよっ！　お前に頼まれてた衣装だ。どうだ？　我ながら会心のできだぜ～？」

その時バートルは、担いでいた麻袋からある物を取り出し、俺に差し出した。

「うわわわわ⁉　こっ、これはすごい！　これマジですごーい！　ありがとうございます、バートルさん‼」

「へっへっへ……、いいってことよ。その……、なんだ……。お前のこと、ちっこいお坊ちゃんとか言ってバカにしてたけどよぉ。お前がいなけりゃ、俺はこうやって好きな裁縫をすることもできなかったんだしなぁ」

「ははは、それこそ今さらですよ。気にしないでください」

先日のサンドワームとの戦いの後、なんとか一命を取り留めたバートルを、俺は失った腕を含めて光の魔法で完全に治癒させた。

集落や付近の草原を白く輝く光で染め上げた俺の治癒魔法に、みんな目を丸くしていたな。

中でもセルジには本当に感謝された。

涙ながらに『大切な友を失わずに済んだ、これでまた一緒に戦える』なんて言いながら。

まったく……、最初からもっと仲良くしとけっつんだよな、お前ら……、ぐすん。

「しかしそこまで喜んでくれりゃあ、作った甲斐もあったってもんだなぁ。んでよ、洗う時なんかは気をつけろよ？　雑に扱うと縮んじまったりするぞ？」

「はい！　承知いたしました！　本当にありがとうございます！」

「しかし羊毛を使った織物はこれまでも作ったことはあるが、お前から渡された鮮やかな布……、オーロラ色ってのか？　それを見た時はびびったぜ～。こんなに美しい布が世の中に存在してるなんてよぉ」

「ふふふふ……。でしょう？　いま今後の活用方法を協議中なんですよ」

俺がバートルから渡されたものは二つ。

一つ目は羊毛百％のセーターだ。

白地のふわっふわの生地に、デフォルメされたシロと地龍が、向かい合ってかわいくダンスする姿が編み込まれているデザインが素晴らしい。

ちょうどブリヤート族が羊毛を刈り取る時期だったそうで、集落の人々が加工していた所でこのセーターの話をし、作れないかどうかお願いしてみたところ、なんと名乗りを上げたのが、このバートルだったのだ。

　バートルは顔に似合わず、めちゃくちゃ手先が器用らしい。

　そして先ほどのようにけっこう知識量も豊富なようだし、こいつは言葉遣いが汚いだけで、意外にブリヤート族のブレーンとなる存在なのかもしれない。

　そして二つ目はなんと、この間うちの森の中で発見したオーロラスライムを使って染め上げた布を生地にした、エリー専用のドレスだ。

　こちらもセーターに負けず劣らず、最早素晴らしいとしか言いようがない。

　元々交易の品として持ってきていたオーロラ色の布だったが、それをここまで素敵なドレスに仕上げてくれるとは正直思いもしなかった。

　これなら『チリュー・ト・バートル』とかってブランドでもぶち上げて、大々的に売ってもいけるのではないかと思うほどだ。

「んじゃ、確かに渡したぜ。……その、なんだ、色々ありがとよ。また来てくれよな！」

　照れ隠しに大声を出しながら、肩をバンバン叩いてくるバートル。い、痛い、痛い……。

「……はい、必ず。バートルさんもお元気で。セルジやホラン殿と仲良くしてくださいね」

　俺は笑顔で手を差し出すと、バートルもギュッと俺の手を握り返した。

「あぁ、任しといてくれ。今度お前と会う時は、セルジの奴より強くなってっからよ！」

「えぇ、期待してます。あと、またセーターとかドレスとか作ってくださいね？　妹はまだ五歳ですし、すぐにサイズが変わってしまいますので。……お願いします、必ずお願いしますよ!?」

俺は思わず、バートルと握手したままの右手に力が入ってしまった。

「うおぉ!?　いでででで!?　つっ、作る作る……、そんなに力入れなくても作るって！　はぁ……、はぁ……、相変わらずバカ力だなお前……。目もギンギンに血走って、オーガみたいな顔になってんぞ……？」

バートルは右手をさすりながらそうつぶやいた。

「す……、すみません。つい妹がセーターやドレスを着て喜んでいる姿を想像して取り乱してしまいました……」

若干引き気味の集落の方々には気付かないふりをして、俺は服装を直した。

「では、名残は尽きませんが……、そろそろ行きますね」

まだまだ話をしていたいのはやまやまだが、今生の別れということでもあるまい。

俺は笑顔で手を振りながら、颯爽とシロに跨るとゆっくりと進み始める。

「またな、レイン！　本当にありがとう！　お前に追いつけるよう訓練を続けるからな！」

「必ず、また会おうぞ」

「今度あたしも遊びに行くからさ！」

「絶対また来いよ！　あと別の服がほしくなったら連絡しろ、いいの作ってやっからよ！」

「ゲギャゲギャゲギャア！」

大粒の涙を流しながら、セルジは大きく手を振る。

いかつい顔だが、バゼルは優しく笑う。

目を真っ赤にしたホランやバートル、そして地龍たちや集落の皆さんまでが、総出で別れの挨拶をしてくれる。

色々あったが、今回も楽しかったな。

ぐすん……。

俺も思わず涙ぐんでしまう。

「では皆さん、さようなら——‼　必ずまた会いましょうね——‼」

ズドドドドド………！

俺の別れの挨拶を皮切りに、シロは全力で駆け出した。

一月足らず過ごしただけだったが、ぎっしりと思い出の詰まったブリヤート大草原をシロは俺を乗せてひた走る。

「またね」

鮮やかな緑色がどこまでも続くブリヤート大草原を駆け抜けながら、俺は笑顔でそうつぶやいた。

※※※

「あらあら、帰っていたのですね、レイン」

「お帰りなさいませ、坊ちゃま」

慣れ親しんだリビングルームのソファーにはゆるふわ母が座っており、その横に佇立していた万能執事のフリードは、恭しく一礼をした。

入浴を済ませ、身綺麗になった俺はそちらの方へ挨拶に向かう。

「はい、つい先ほど戻りました、母上。フリードも留守中ご苦労様でした。父上や母上に帰還のご挨拶をするに際し、先に湯浴みを済ませていました」

「そう。うんうん、とてもいい香りがするわね。……うふふ、レイン、あなたがどんどん逞しい顔つきになっていくこと、母は大変嬉しく思いますよ。それで、ブリヤート族の皆様とは仲良くなれたのかしら？」

母は優しい笑顔で俺に話しかける。

俺も母の向かいに座り、笑顔で答えた。

「はい。とてもよくしていただきました。あちらへの救済措置も万事上手く運びましたし、族長のバゼル殿をはじめ、関係者の方々とも良好な人間関係を構築することができました。今後は交易関係を通じ、双方にさらなる信頼関係と協力関係を醸成できると確信しています」

ブリヤート大草原を出て丸二日、俺とシロは特に大きなトラブルに見舞われることもなく、無事家に帰ってきていた。

「そう、それはよかったですね。けれどレイン、母はあなたが無事に帰ってきてくれたことだけで、心から嬉しく思います。もうあの人やエリーには会ったのかしら？」

へへへ……、俺だってこの人が母親でよかったと心から思うよ。

まさに癒し系の神！　……これで強化ケツビンタさえなければ、ね……。

「いえ、父上やエリーとはまだ会えておりません。約一月半ほど会っていませんでしたので、二人のことを思うと胸が一杯です」

……まあマッチョ父は半分どうでもいいんだが。

「そうですか。特にエリーはあなたのことをとても心配していたから、きっと一日千秋の思いだったはず。しばらくは、うんと優しくしてあげてね」

「はい。承知しております」

ふふ……、ふふふふ……。

言われなくてもわかってますがな。

俺だって長いことエリーに会えず、どんなに寂しかったことか……。

（だからこそ、既にエリーにはフリード経由で渡してあるのだ……。バートル特製のオーロラドレス＆超プリティセーターをね！）

俺がそっとフリードの方を見ると、フリードも俺を見て微笑みながら小さく頷く。

（グッジョブ!!　グッジョ――ッブ、フリ――ッド!!）

コンコン……。

その時、リビングルームの出入口をノックする小さな音が鳴った。

おぉ……！

このオルゴールのように優しく、かつ時が止まったかのようにさえ感じる優雅なノック音を奏でるのは……。

「エリー、入りなさい」

母は、ドアの向こうに立っているであろうエリーに入室を促す。

「はい、失礼いたします」

ま、間もなくエリーが入ってくる。

何だか脳内物質がバンバン出ているのか、まるでスローモーションを見ているようだ。

ドクン……ドクン……。

自分の心音まで聞こえるぞ……。

落ち着け……、落ち着くんだ俺！

エリーの艶やかなドレスもしくは超かわいらしいセーター姿を想像し、ただただテンション爆上がりの俺。

変態!?　たわけたことを‼

かわいい妹の愛らしい姿を見たいと思うのは、前世もひっくるめ、この世の全兄の共通認識だろう!?

俺はこの日この瞬間のために、ブリヤート族の救助に向かったと言っても過言ではないんだからな！

特にエリーのセーターについて、バートルにちょっと大きめサイズを頼んだ際、『これちょっとでかくねえか？　お前の妹はちょっと太ってんのか？』などと言われた時は、一瞬我を忘れてもう一回腕をねじ切ってやろうかとさえ思ったが、なんとか我慢して正解だった……。

　ささ、愛しのエリー。

　素敵な晴れ姿をこの兄に見せておくれ……。

　さぁ、さあああ！

「おかえりなさい、おにたま……」

「お……、おぉ……‼」

　少し恥ずかしそうに部屋に入ってきたエリーを見て俺は言葉を失った。

　まるで空からオーロラを切り取ってきたかのような極彩色のドレスは、その色、形、細部の装飾に至るまで、全てがパーフェクト。

　そして母譲りの整った顔立ちで美しい金色の髪をなびかせながら優雅に歩くその姿は、まるで絵本に登場するお姫様のようだった。

「あぁ、とてもよく似合ってるよ、エリー。まるで物語のお姫様みたいだ。まずはドレスを着てくれたんだね？」

「おにたま、エリーのドレス姿、変じゃないですか？」

「変なもんか。世界で一番かわいいよ？」

　大丈夫。変だなんていう奴がいれば、そいつはその瞬間消し炭になってこの世から消えてるさ。

　そんなエリーの姿を見たゆるふわ母やフリードも、優しく目を細めている。

「そういえばエリー、もう一つ渡した方の服も後で着てみせてくれないかな？　お兄ちゃんそっちもすごく楽しみなんだ」

　この素敵なドレス姿も大人っぽくて最高だが、ちょっと大きめぶかぶかサイズのセーターを着用したエリーの姿も見てみたい。

『ちょっとお袖が長くって……』なんてことを上目遣いで言われた日にゃあ……、きゃっ‼

「……あのね、おにたま。そのお洋服も着てみたのだけれど、ちょっとお首がチクチクで……」

　エリーは白魚のような指で、自身の細い首元に軽く触れると小さく首を左右に振った。

「そ、そっか……。成程、チクチクして着心地が悪かったんだね……？　そうかそうか……」

　……よし、今すぐブリヤート大草原に戻るか。

　バートルの奴と大切な話をしに行かないと。

　はははははは……、場合によっちゃあもう一回湖が干上がるか、もしくは新しい湖が増えちゃったりするかもなぁ……。

「お？　レイン、帰ったか！」

　俺の思考を遮るように、マッチョ父が唐突に現れた。

「父上、ただいま戻り……」

　そしてそこに見た満面の笑みを浮かべた父の姿に、俺は絶句する。

「ブリヤート族が作ってくれた土産の服なんだが、エリーが貸してくれてな。私が着てみたんだが、どうだ！　似合うか！　んん⁉」

「……」

俺はぽかんと口を開けたまま、氷結魔法で氷漬けになったかのように静止していた。

あ、あぁ……。

父のムキムキの肉体が袖を通したせいで、せっかくのセーターがぶかぶかどころか、ピッチピチに……。

そしてかわいらしく編み込まれたシロと地龍の柄が、まるでブタと駄龍のように広がってしまっている……。

「どうだ⁉　どうだ⁉」

あれやこれやとマッチョポーズを変え、俺たちに見せつける父。

だが次の瞬間。

ビリビリッ……！

「あっ」

マッチョ父の無駄に機敏かつダイナミックな動きに耐えきれず、ピチピチのセーターがついに悲鳴を上げた。

「────っっ‼」

大粒の涙を伴った俺の魂の慟哭が、屋敷にこだまする。

そんな喧騒の中、シロはいつもの定位置で一つ大きな欠伸をして眠るのだった。

はぁ……。

幕間の物語　とりあえず、生で！

「ではワッツ、準備はいいですか……？　下手をすると死ぬかもしれませんよ。覚悟はいいんですね……？」

「あぁ……、一思いにやってくれよ……。こっちは覚悟はできてるぜぇ」

「承知しました……。けれど……、僕も一緒です。決してワッツ一人ではありません……」

「レイン……、お前さんって奴ぁ……」

その直後、俺は身体の中で魔力を練り込んだ。

直後、俺とワッツを中心に急速に周囲の温度が下がっていく。

そして――――。

※※※

「あなた。レインとシロちゃん、どこに行ったか知りませんか？」

その日ミリアムは、プラウドロード男爵領の領主であり良き夫でもあるグレンの執務室にやって来ると、少し不安そうにそう尋ねた。

妻が夫の執務室を訪ねてくるのは珍しい。

グレンは政務の手を止め、ミリアムを見た。

「いや、何も聞いていないが？　いつものように森の中で遊びまわっているのではないのか？」

そう答えたグレンの顔を見ながら、ミリアムは視線を落とし、胸に手を当てて考え込む。

「えぇ、私もそう思ったのだけれど……。何か今日は、朝からいつもと様子が違っていたというか……、どうもソワソワしていたというか……。何か悩み事があって家を飛び出したりしていないかしら……」

パタンッ。

日々の領内の様子を事細かに書き記した政務日誌を閉じると、グレンは立ち上がった。

「うむ。あの子に限ってそのような心配はないと思うが……。しかしミリアがそう言うのなら、私が少しその辺りを探してこよう。お前は家で待っていなさい」

「わ、私も行くわ！　もし私たちの大切なレインを害する者がいるのならば、あらん限りの地獄の業火で、骨の髄まで焼き尽くさないと……」

心配そうな顔をしながら、些か恐ろしい発言をするミリアムをグレンはそっと抱き寄せると、優しく口づけをする。

「そうだな……。だがミリア、仮にお前が私と一緒に来たとして、もしも我々に万が一のことがあれば、ただ一人残されたエリーはどうなる……？」

妻であるミリアムの美しい銀色の髪をそっと撫でながら、グレンは囁いた。

「あぁ、あなた……。そうね……、あなたの言うとおり……。私はもう冒険者ミリアムではなく、かわいいレインとエリーの母であり、プラウドロード男爵家当主の妻ですものね……？　わかりました……、当主の妻としてしっかりと我が家を護っておきます。それが私の責務だと理解しているもの」

「うむ。レインのことは任せておいてくれ」

グレンは力強くそう言うと、もう一度ミリアムと口づけを交わし、手早く外出の準備をして執務室を後にした。

「まったく、心配ばかりさせおって……！　今日ばかりは、見つけたら厳しくレインを叱責せねばな！」

そう言うが早いか、グレンはフリードに用意させた自慢の愛馬に跨ると、颯爽と厩舎から駆け出した。

屋敷の二階の窓から、ミリアムは馬で駆け出していく夫の姿を見送る。

「あなた……、どうかレインをよろしくお願いいたします」

ミリアムの表情は、勇壮な夫を頼もしく思う一方、言い知れぬ胸騒ぎが去来する複雑なものだった。

そしてグレンが出発して少し時間が経った頃だった。

コンコン……。

「あら、エリーかしら？　どうぞ」

「おかたま、失礼いたします」

母の入室許可とともに、部屋へと入るエリー。

「どうしたのエリー。お腹が空いたのかしら？　母と一緒にお紅茶でも頂きましょうか？」

ミリアムは笑顔でエリーに問いかけた。

しかしエリーからは、母ミリアムに対する意外な話題が。

「おかたま。お友達に聞いたのですけれど、今おにたまがね……」

「……えっ？　レインがどうかしたの？　お友達……？　レインの行き先に関して何か聞いているのかしら、エリー？」

今日もとても天気が良く、家の中は大変過ごしやすい気温だ。

だがその一方で外を吹く風は季節外れに少々強く、ガタガタと音を立てる窓や木々のざわめきが、妙にミリアムの耳に残るのだった。


グレンは馬を走らせていた。

ざっと森の外縁部を探したものの、そこにレインの姿はなかった。

「森にいないとなると、レインの行先は……」

村の方へとグレンが進んでいくと、とある家の軒先で丸くなって眠るシロの姿が見えた。

「はぁ……、やはりここだったか」

グレンはワッツの自宅兼工房の付近で馬から降りると、近くの木に愛馬をつなぎとめる。

そしてそのまま、まっすぐにワッツの自宅に向かって歩いていくのだが……。

ぽよんっ。

「うん……？」

グレンはもう一度、ワッツ宅の玄関に向かって歩くのだが。

ぽよんっ。

「むむ……？　これは……」

グレンはワッツ宅の玄関ドアをノックしようとそこへ近づくのだが、ドアの一メートル程度手前まで行くと、見えない壁と思しき何かに押し返されてしまうことに気が付いた。

（これは……、結界……か？）

グレンはもう一度、手でそれに軽く触れてみる。

ぽよよん。

ぽよよん。

「……ここに空気の壁のようなものが張り巡らされているのか？　ふむぅ……」

グレンは、軒先で丸くなって眠っているシロへちらりと視線をやった。

そして肩で大きくため息をつく。

「シロ……。これはお前の仕業かな？　私はレインを探してここへ来たのだが……」

シロは丸くなったままの姿勢でちらりと片目を開けてグレンを見るが、すぐに再び目を閉じてしまった。

「やれやれ……。ご主人への忠誠は鉄壁というわけか」

小さくそうつぶやくと、グレンは腰に提げていた革袋からある物を取り出す。

少々赤みがかって、何だかいい匂いのするそれは……。

「おおっと？　たまたま間違えて美味しそうな干し肉を持ってきてしまっていた。誰かさんが魔法の結界を解いてくれるのなら、ぜひ食べさせてあげようと思うんだが……」

プシュウ――ッ‼

グレンの金髪が、風に吹かれたように大きくたなびいた。

周辺に張り巡らされた空気の結界から、一気に内包された気体が噴出した瞬間だった。

「ワンワン！　クーンクーン……」

「お……、思ったより早かったな……。レインが泣くぞ……？」

グレンは、お腹を見せながらすり寄って近づいてくるシロに約束どおり干し肉を与えた。

「伝説の神獣フェンリルは干し肉に弱い……か。ふっ、王都の学者たちに教えてやったら涙を流して喜ぶだろうな……。いや、そもそも我が家でそれを飼っていること自体が問題か……」

苦笑いを浮かべつつ、グレンはワッツ宅の玄関ドアをノックする。

しかし予想どおり返事はない。

「仕方がない、このまま入らせてもらうとしよう。シロ、すまんが私の馬を頼んだぞ」

「アググ……ガググ（もぐもぐ）」

美味しそうに干し肉を頬張るシロの姿がとても微笑ましい。

レインのように、少々シロをモフモフしたグレンは意を決して家の中へと進む。

「さて、鬼が出るか蛇が出るか……」

コツ……コツ……コツ……。

グレンは住居部分を通り抜け、工房の奥へと歩みを進める。

「ふふ……、ここは以前とまったく変わらないな。家の方は乱雑にすぎるが、工房の方はきっちりと整理整頓がなされている」

そんな工房の内部には、作りかけの農機具や家庭用の包丁やランプ、そして切れ味の鋭そうな見事な剣まで、様々な物が置かれている。

「うむ……、やはりワッツの工房は我が領内の生活の中枢を担っていると言っても過言ではないな。以前レインが言っていたように、早急に鍛冶職人を増員しなければワッツの負担は増える一方だな……」

グレンが領内の鍛冶事情について思案していた時のことだった。

ガサゴソ……、ガサゴソ……。

ひそひそ……、ひそひそ……。

どこからか響く物音と、人と思しき声が聞こえた気がした。

「ん……？　あちらの方から声が聞こえた気がしたが……。どこだ……？」

グレンはキョロキョロと辺りを見回すが、物音の発生源は見当たらない。

そのまま薄暗い工房内を少々歩き回り、一番奥の壁付近に差し掛かった時だった。

なんとそこに、地下へとつながっているであろう階段が、ぽっかり口を開けていたのだった。

「これは、地下への階段……か？　……以前この工房を訪ねた時は、地下室などなかったように思うが……」

コツ……、コツ……、コツ……。

一歩一歩、グレンは地下への階段を下りていった。

階段を下りきったその先は一本道となっており、さらにグレンはその地下道を進む。

狭い壁の両側には、おそらく光の属性であろう小さな魔石が照明代わりに設置され、煌々と通路を照らしている。

「はは……、このように多くの光の魔石、うちの屋敷でさえ見たことはないな。それにこの壁の手触り、ただの土ではない……。これはいわゆる耐熱レンガ。……これらのことから導き出される結論は……」

容易に推認できる当事者の顔を想像し、グレンは大きくため息をついた。

そしてさらに歩を進めていくと、グレンの前に一際大きな木の扉が現れた。

扉の向こうからは低く野太い声とともに、少しかん高い子供の笑い声も聞こえる。

「やはりここにいたかレイン……。しかしこの扉の向こうに一体何があるんだ……？」

グレンは扉にピタリと耳を当て、耳を澄ませて扉の向こうの会話に聞き耳を立てる。

すると……。

※※※

「ではワッツ、準備はいいですか……？　下手をすると死ぬかもしれませんよ。覚悟はいいんですね……？」

「あぁ……、一思いにやってくれよ……。こっちは覚悟はできてるぜぇ」

「承知しました……。けれど……、僕も一緒です。決してワッツ一人ではありません……」

「レイン……、お前さんって奴ぁ……」

その直後、俺は身体の中で魔力を練り込んだ。

直後、俺とワッツを中心に急速に周囲の温度が下がっていく。

そして――――――。

バタンッ‼

「そこまでだ、お前たち！　一体何をやっている⁉」

うおおっ……⁉

なっ、何だなんだぁ⁉

突然、聞き覚えのある怒号とともに勢いよく扉が開かれたかと思うと、なんとマッチョ父が室内へぶっ込んできたのだ。

これにはワッツと俺も目を丸くした。

「げぇっ⁉　ち、父上……⁉　一体どうして……、いや、それ以前にどうやってこの家の中に……」

ちっ、まずい……。非常にまずいぜ……。

何でここがバレたんだ？

やべぇよ……、もしこの秘密の研究所が表沙汰になれば、大変なことになる……。

いや……、下手をすれば殺される……。

主にゆるふわ母に……。

「ふっ……、もしやそれはシロのことを言っているのか……？　かの神獣フェンリルも美味しい干し肉には敵わなかった、ということだな。まったく世紀の大発見だよ」

マッチョ父は腰から提げた革袋から一枚の干し肉を取り出すと、顔の前でプラプラさせている。

（ちぃっ、シロめぇ……。普通じゃ絶対に破れない結界を風魔法で構築させたというのに……。干し肉一枚でこんなにも簡単に買収されるとは……。これはしばらくおやつ抜きの刑だぜ……。だがこうなれば、かくなる上は……）

俺はワッツと顔を見合わせると、不敵に笑って同時に頷いた。

――その瞬間、俺は自分の指に土と火の魔力を集中させて合成する。

バタンッ‼

父の後方で開いていた扉が急に閉まり、さらに今度は外からは簡単に開かないように耐熱レンガで扉を補強した。

「レ、レイン……。お前、何を……？」

「ふふふふふ……」

「へっへっへっ……」

俺とワッツは、ジリジリとマッチョ父の方へとにじり寄っていく。

「「み〜た〜な〜？」」

「ぐっ……、もしや二人とも洗脳の魔法にでもかかっているのか……⁉　レイン、ワッツ！　気をしっかり持つのだ‼」

頑丈な扉を背にしながら、父は何やら追い詰められた様子で額から汗を流している。

（ふふふ……。見てしまったんだから、いっちょ覚悟を決めてもらうぜ……）

「あははは、洗脳の魔法って。何か勘違いされていませんか？　父上。ささ、では覚悟を決めてこちらをお持ちください」

俺は父に対し、木製の取っ手付きカップを手渡した。

それはちょうど『生中一杯！』のいわゆる中ジョッキと同じぐらいの大きさだ。

「むむ……、こ、これは……。そしてこの液体は……」

父は木製カップに注がれた黄金色の液体を凝視しつつ、その香りを確認する。

「……これは……、エールか？」

「いいえ、父上。それは我々が開発したビールです」

俺は自信を持って父にそう言った。

（ここまでくれば隠す必要はない。……いや、むしろ巻き込んでしまおう！）

最早一蓮托生だぜ、マッチョ父‼

「ビ、ビール……？」

マッチョ父は再びカップを覗き込み、中に入っている液体を確認する。

「ええ、父上がご存じのエールとは似て非なるものと言いますか……。まあ簡単に言えばエールビール、ラガービールなどという分類で、エールと言っても間違いではありませんが……」

だがあえて言おう。

俺は俄然、ビール派なのだ！

フルーティで豊かな味わいのエールよりも『すんませ～ん、とりあえず生で！』と気楽に言える、いわゆる一般的なビールが大好きなのだ！

「……実はですね、父上。私はワッツとともに、美味しいビールの研究をしておりまして……。これまでに酵母菌などを用いた実験を何度も積み重ねてきたんです。そして今日はその研究の成果を試す日だったのですよ」

「おいおい、酒造りの言い出しっぺはお前さんじゃねぇかよ……。今しれっとわしを共犯に仕立てやがったな……」

俺はワッツの妄言など意に介することなく、マッチョ父の周りをゆっくりと歩きながら、これまでのビールに関する研究成果を延々と話して聞かせる。

「話はわかったが……。しかしレイン……、未成年のお前が飲酒の研究とは……。領主兼父親たる私としては、けしからんことだと叱りつける立場なのだが……？」

俺はピタリと歩を止めた。

そしておもむろに振り返って、カップと俺とを交互に見るマッチョ父を見据える。

「そう思われるのも無理はありません……。しかしながら父上……、これはプラウドロード男爵領の発展のため、どうしても必要不可欠だったのです」

ビシッ！　と父を指さし、俺はそう告げた。

「領地の……、発展……？」

「そうです、父上。私はこのビールを、いずれはプラウドロード男爵領の名産品として、関係各所に売り込んでいきたいと考えております。父上も果実酒やエールは時々飲まれていますよね？　けれど、もっともっと美味しいお酒を堪能したいと思ったことはありませんか？　お祝い事や宴会の席に欠かせないその一杯……、働き盛りのおじさんを労い明日への活力となるその一杯が、今以上に……、いや、他に類を見ない格別の味になればどうでしょうか……？　その評判は領内にとどまらず王国全土に広がり、最後には世界中に広がるやもしれません。そうなれば、そのビールがもたらす経済効果は計り知れないでしょう……」

ゴクリ……。

静かな地下室に、俺が捲し立てる声とマッチョ父が唾を飲み込む音が響く。

「むうぅ、確かにそう言われると……。だがしかし、お前はまだ未成年……」

「父上！　この期に及んで何を迷うことがあるのですか!?　その黄金の液体の前には私の年齢な

ど些末な問題。父上には領民の皆さんが、仕事終わりの最高の一杯に喜び咽び泣く姿が想像できませんか？　さぁ！　さぁぁぁぁ⁉」

　ここぞとばかりに、俺はマッチョ父に詰め寄った。

（もちろん、俺だって『領民の皆さん』の一員だもんね～）

　真に迫る俺の目をじっと見つめていた父は、やがてがっくりと肩を落とした。

「はぁ……、私の負けだ……、レイン。仕方ない、お前の研究を認めようではないか……」

「何をおっしゃいますか、父上。この研究成果は、元より全て父上にお譲りする心づもりでした。所詮この矮小の身では、お酒の研究などを行っても誰にも相手にしてもらえずに一笑に付されるのが関の山、もしくは利益が出る前に潰され、成果だけ横取りされて終わってしまうでしょう。だがしかし！　そこに父上のお名前があれば別。そのように無下に扱われることもありませんし、成果を横取りしようとする輩も諦めるでしょう。けれど、そのためにはまず……」

「まず……？」

「父上に、いや、プラウドロード男爵領の領主にこの味を確認していただき、裁定を下していただく必要があります。あぁ！　これは決して私的な飲み会ではありませんよ、あくまで職務なのです。わかりますね？」

　ここまで来たら、マッチョ父を首謀者にしてしまお～っと！

　そうすりゃ色んな意味で楽だし～。

　さすが俺！　がんばれ俺！　美味しいお酒はもう目の前だ‼

「成程……。うむ……、私的な飲み会ではなく、領地の発展のためなら致し方あるまい……。そう、これは職務なのだ……。では早速……」

「お待ちください、父上。私とワッツが研究したビールは、その摂取要領に決まりがございます。このように飲むのが、まさにビールの極意なのです」

俺は身体の中に水の魔力を練り込み、軽い氷結魔法を行使する。

目標はもちろん、ビールを入れた木製カップだ。

いかんせん、さっきは突然のマッチョ父乱入に冷却作業を中断したが、やっぱりビールは冷えてないと嘘でしょ！

「むっ⁉　酒を冷やして飲むというのか……？　聞いたこともない手法だな……」

「無論です。ぬるいビールなど最早それは罪。……さあ父上！　ワッツ！　お待たせいたしました。グイっと飲んでみてください」

（そして感想を聞かせてくれ……。二人が満足する味が出せていたなら、俺も満を持して飲もうじゃないか……！　なっはっはっはっはっ！）

俺は心の中でほくそ笑みながら、マッチョ父とワッツの表情を注視する。

「では頂くとしよう……。皆わかっているとは思うが、これはあくまで職務だからな……？　うむ仕方がない、仕方がないのだ」

「おほっ！　長ぇこと待たせやがって……‼　ほいじゃあ、頂くぜ‼」

ゴクッ、ゴクッ、ゴクッ……。

マッチョ父とワッツの大きな喉仏が勢いよく動き、キンキンに冷えたビールが一気に食道へと流れ込んでいく。

　そして。

「こ……、これは……⁉」

「うっひょぉぉぉぉ――――⁉」

　ゴクゴクゴクゴク……‼

　二人は瞬く間に、カップの中のビールを全て飲み干してしまった。

「う……、美味いなんてものではないぞ……、これは⁉　一体何だこの味わいと喉越しは……。そしてこの何とも言えないふわふわの泡……。こ、このような酒が存在していたとは……」

「めっちゃくちゃうめぇなぁ、おい！　酒にゃ一家言あるドワーフのわしも、こんなうめぇ酒は生まれて初めてだぜ！　この冷たいのが喉元にシュワシュワ〜……っとくる感覚が、もう何とも言えねぇ……！　こりゃ文句なしの掛け値なしに合格だぜ‼」

　おぉ……！　おおぉぉぉ‼

　やはり冷たいビールは、この世界でもおっさんたちのハートをがっちり掴んだか！

　よし！　これをうちの領地で大量生産できるようにすれば、きっと飛ぶように売れるはず。

　そして何より……、作り立てのビールを毎日心ゆくまで堪能できるじゃないか‼

「それは素晴らしい。さぁ、父上、ワッツ。まだまだおかわりもありますよ？　ささ、遠慮せず味見を続けてください！　もちろん、これは職務ですので！　あ、おつまみもどうぞ」

「う、うむ……。職務としてなら、必要最低限度は致し方あるまい。さぁ、二杯目を貰おう」

「わはははは！　飲むぞ飲むぞ！　もっちろん飲むぞぉ〜‼」

俺は次々にビールを二人のカップに注ぎ込み、冷却してやる。

これは職務、これは職務などと言い訳がましくつぶやきながら酒を飲む父。

ただただ嬉しそうにガンガン飲んでいくワッツ。

そんな大興奮の二人をよそに、俺は自分のカップにビールを注ぎ込む。

そう、とても愛おしいこの黄金の液体をゆっくり、ゆっくりとカップに注ぎ込むのだ。

おっとっと……！　泡の分量を大切にして……、と。

（くぅ、長かった……。苦節十年ちょい、幾度となくこの瞬間を想像してきたが、このビールに再会するまでの道のり、本当に長かったぜ……）

俺は右手に持っていたカップを軽く冷却し、感慨にふけった。

――感無量……。この言葉はまさに、この日この瞬間のことをいうのだろう。

「では……、いっただっきま――っす‼」

そして俺が、愛しきビールに口をつけようとした、まさにその瞬間の出来事だった。

そう……、悲劇ってのは予想外の場所から突然やって来るんだよな……。

ぼっか――――ん‼

突如、耐熱レンガで固定していたはずの部屋の出入口が轟音とともに吹き飛んだ。

「な……、何事だ……⁉」

マッチョ父と俺は目を丸くしながら、煙にまみれる出入口の方へと目をやる。

こんな状況でも何事もなかったかのようにビールを飲み続けるワッツはある意味すごい。

「て……、敵襲……？　……げげぇ!?　あ、ああ……、あれは……！！？」

徐々に落ち着いていく土煙の向こうに、とてもスラリとしたシルエットが見える……。

「あらあらまぁまぁ……、このように日の高いうちから酒盛りですか……？　それはそれは素晴らしいですねぇ……？　あなた、レイン……？」

「「ひっ、ひえぇぇ――っっ!?」」

そこに姿を現したのは、なんとゆるふわ母だった。

いや、正確に言えば最早ゆるふわなどではなく、満面の笑みを浮かべてはいるものの、目が全然笑っていない、例えるなら不動明王のような恐ろしい顔をした母が、大地を踏みしめるように立っていたのだ……。

ま……、マッチョ父ならともかく、何でここが母にバレたんだ……!?

そしてどうやら俺が創った耐熱レンガを吹き飛ばしたのは、母の火属性魔法らしい。

(かなり頑丈に作ったはずなのに……。こ、このままでは……、殺される……)

「旦那様、奥方様をお連れいたしました」

できる執事のフリードは、こんな場所でもいつもと変わらぬ表情と所作で、恭しく一礼する。

その場違いな丁寧さにも最早誰もツッコミを入れない……、というかそんな状況にない。

呆然と立ち尽くすマッチョ父と俺を前に、重苦しい沈黙を破るように母が口を開いた。

「……エリーが一人残されたらどうのこうのと言いながら、颯爽と飛び出していったあなた……。ええ、ええ、それはそれは大変頼もしかったですとも……。けれどその実、こういうことだったのですね？」

マッチョ父の肩がビクッ！　と震える。

最早普段のマッチョっぷりは見る影もない。

母は静かに言葉を発し続けながら、ゆっくりと俺たちに迫ってくる。

きゃああ!?　いつかのエンシェントドラゴンより怖いぃ!!

「ち……、違うミリア！　全てが違うんだ!!　こ、これには海よりも深い訳が……」

「は……、母上!!　どうか父上を責めないであげてください!!」

しれっと被害者面をする俺の顔を、父が驚愕の表情で覗き込む。

（……すまん、父よ……。お、俺はこんなところで死ぬわけには……）

「あらあら……。この期に及んでまだ言い訳とは、なんと嘆かわしい……」

キィィィ――ン……。

母は右手をスッと身体の横に出すと、そこに無属性魔力を集中させ始める……。

あ……、これあかんやつや……。

「こんな時間から政務を放置して、酒宴を楽しむ領主……」

母は冷たい目で、青い顔をした父を見る。

――一歩、母は歩き出す。

「お酒のこととなると、小さな子供がいてもどこ吹く風の、のんべえドワーフ……」

母は凍るような目で、未だビールを飲み続けていたワッツを見る。

「えぇ……!?　わ、わしも粛清対象に入っとるんかいな!?」

――また一歩、母は進む。

お、俺は……、俺は被害者扱いだよな……？　セーフだよな……？

だ……だって、僕まだ子供だもんね！

ニ……ニコニコーキュン☆☆

「そして最後に……」

「ひぇっ……!!」

陰のある笑みを浮かべつつ、母は絶対零度の目で俺に視線を合わせた。

その表情ときたら、この世全ての恐怖をでっかい鍋に詰め込んでぐつぐつと煮詰めたようなそれはそれは恐ろしいものだった……。

「……こういう話の首謀者は、大体あなたですものね……？　私のかわいい、レ・イ・ン」

「「「ぎゃあぁぁぁぁ――――っっっ!!」」」

部屋の隅で身を寄せ合った男三名の絶叫が、狭い室内に響き渡った。

「おいたわしや……、旦那様……、坊ちゃま……」

人差し指をそっと額に添え、フリードはそうつぶやくのだった……。

……なお一つ付け加えておくと、あの後涙目でお尻を腫らしたマッチョ父が、ゆるふわ母に事情を説明し、ビールの試飲を勧めたところ『あら美味しい』と及第点を頂き、なぜか俺だけがもう一発お仕置きされた後、研究の継続を許可していただきました……。

当の俺は結局一滴もビールを飲むことができず、母の強化ケツビンタ（当社比威力三割増）をくらわされただけだったとさ……、ガクッ。

幕間の物語

エリーとお出掛けしよう！

「おにたま。エリー今日行きたいところがあるの」

ある日の昼下がり、ふとエリーが俺の部屋を訪ねてきてそう言った。

世界一かわいい妹エリーのお願いに対し、俺はベッドの上でゴロゴロしていただけ。

まったく悩む余地などないね！　当然、二つ返事でオッケーだぜ！

「いいよ、エリー。兄ちゃんエリーのためならどこへなりとも、たとえ世界の果てであろうとも付いて行こうじゃないか」

「わぁ、ありがとう、おにたま！」

エリーの顔が、ぱあっと明るくなった。

どうやら相当に嬉しかったらしい。

ふむふむ、そんなに行きたいところがあったのかな？

（うっ……！　ま……まさか。まさかまさかまさか……！）

か、かか……、かれかれかれかれ……、彼氏を紹介される……、とかじゃないだろうな……。

いけません、それだけはいけませんよ!!

「今日はね、お知り合いのおばあたんのところへ行きたいの。エリーご用意してくるね！」

エリーは嬉しそうにそう話すと、トタトタと走って俺の部屋を出ていった。

「ほっ……、知り合いのおばあたん、か。未来の義弟たんじゃなくてよかったぜ」

ひとまずうちの領内で、超大規模爆破魔法十連発をかます必要はなさそうだな。

「よし！　ここ最近はエリーに寂しい思いをさせていた分、今日一日は全部エリーのために使うぞ！」

ベッドから勢いよく飛び起きた俺は、いそいそと外出の準備をしつつ、近くで寝ていたシロを優しく撫でながら起こした。

「ワフッ？」

シロは欠伸をしながら大きく背伸びをする。

うん、今日は何だかいい一日になりそうだ。

モフモフモフモフ……。

「ところでエリー、さっきお婆さんって言ってたけど、今日はどちらさんのお宅へ行くんだい？」

俺は一緒にシロの背中に乗るエリーに尋ねた。

「今日はね、ワットさんのおうちの近くの、コンスタントおばあたんのところへ行く日なの」

エリーはシロの背中を優しく撫でながら、そう答えた。

ワッツの家の近く……？

（ふむふむ、そういえば確かそこに、コンスタンツというお婆さんが一人で住んでいたと記憶しているが……。けどエリーがその人の所に一体何の用事があるんだ？）

「そうなんだね。……ところでエリー、今日はお婆さんの誕生日か何かなのかい？」

俺は続けてエリーに質問してみた。

もしお婆さんの誕生日とかなら、お祝いの品ぐらい用意した方がいいと思ったからだ。

だがエリーからは意外な答えが返ってくる。

「おにたま……。今日はね、おばあたんのとても大事な日なの。ずっと前に、大きなおにたまが亡くなった、すごく大事な日なの」

エリーは俺の方に振り返り、少し悲しげな目をしながらそう言うと、再び前を向いて黙り込んでしまった。

俺とエリーを乗せたシロは、その間もゆっくりと歩を進める。

「亡くなった日……、ときたか」

俺はエリーに聞こえないような声で、小さくつぶやいた。

今日はどちらさんかの命日だったのか……。

（うーん……？　けどここ最近領内でそんなお葬式あったかなぁ……？　俺がブリヤート族の所に出張していた時の話か？　けどマッチョ父からそんな話は聞いてないし……）

いやそれよりも、そんな人様の命日に軽い気持ちで当事者の所へ行って大丈夫か……？

「エ、エリー？　お兄ちゃんとエリー、今日お婆さんの家に行って大丈夫なのかな？　今日はちょっと、やめといた方がよくないかな……？」

その瞬間、エリーが勢いよくこちらを振り返った。

「だめ！　エリー、今日はおばあたんといるの！」

「――……！」

いつも笑顔のエリーがその大きな両目一杯に涙を溜めながら、俺に向かってそう言い切る。

俺は優しいエリーの中に揺るぎない、とても強い意志を感じた。

ごめんよ、エリーにはエリーの考えがあったんだよな。

まだ五歳の妹と侮った俺が悪かった。

「……そっか、わかったよエリー。一緒にお婆さんの所へ行こう！　そしてたくさんたくさんお婆さんを楽しくしてあげようね」

「うん！　ありがとう、おにたま！」

エリーの表情がパッと華やいだ。

あらかわいい！

ま、ここまで来たら最後まで付き合わなけりゃ兄貴じゃないよな、フンスッ！

うんうん、怒られたら怒られたで仕方ない。

そん時は俺がジャンピング土下座でも何でもして、誠心誠意謝ろうではないか！

エリー、お兄ちゃんに任せとけぃ‼

心地よい日差しの中、シロに乗ったエリーと俺は、コンスタンツというある老婆の自宅に到着した。

コン、コン。

エリーが優しく木製の扉をノックする。

ギィ……。

ちょっと古めかしい扉が音を立ててゆっくりと開くと、家の中からは腰にエプロンを巻いて少しだけ背中の丸くなった一人の老婆が姿を現した。

「こんにちは、コンスタントおばあたん。エリーです」

エリーはスカートの左右の裾をちょんと両手でつまみ、お辞儀をしてしっかりと挨拶をした。

うんうん……、上手に挨拶できるようになったね。偉いぞ、エリー。

「こんにちは。は、はじめましてコンスタンツさん、本日は突然すみません……」

「ワンッ、ワンッ」

俺はエリーに続いて少し遠慮がちに挨拶をする。

うちのシロも吠えてご挨拶。

すると、そんな俺たちの姿を目にしたお婆さんは、とても優しい笑顔で丁寧に挨拶を返してくれた。

「これはこれは、エリー様、ご機嫌麗しゅう。レイン様にシロちゃんまで。おやおや、今日は賑やかですねぇ。さぁさ、こんなあばら家ですが、どうぞ中へお入りください」

お婆さんは丁寧にお辞儀すると、そのまま俺たちを中へ招き入れてくれた。

「申し訳ありませんねぇ、あまり片付いておりませんで」

お婆さんはそう言いながら、ゆっくりと歩いていく。

「いえいえ、本当におかまいなく。我々の方こそ事前連絡もなく突然私宅を訪問し、誠に申し訳ありません」

俺がお婆さんに頭を下げると、お婆さんは少し目を丸くした後、また優しい笑顔に戻った。

「いえいえ、何をおっしゃいますやらレイン様。こんな婆に大切な頭を下げないでくださいまし。
さぁさ、どうぞこちらへ」

エリーと俺そしてシロは、こぢんまりした家屋の中央部に案内された。

お婆さんはああ言ったが、その言葉とは逆に家の中はとてもスッキリと片付けられており、手入れも細部までしっかりと行き届いている印象だ。

そして木製のテーブルの周りに置かれた椅子に、俺とエリーは座った。

シロはエリーの隣ですぐに丸くなる。

「大した物はお出しできませんが……」

そう言いながらお婆さんは、小さな木製の皿に入れられた手作りと思しきクッキーを差し出してくれた。

綺麗なきつね色に焼き上げられたそれは、シンプルだがとても美味しそうだ。

「ありがとう、おばあたん」

「すみません、お気遣いありがとうございます」

「さぁさ、シロちゃんもどうぞ」

シロはお婆さんからお皿にたっぷりと注がれたミルクを出されると、さっきまでの眠そうな顔はどこへやら、嬉しそうにそれを飲み始めた。

（す、すごい勢いで飲むな……。もう空っぽかよ……）

嬉しそうにクッキーを頬張るエリーや皿の底の底までペロペロ舐めるシロの様子を、お婆さんはにこにこしながら眺めている。

「いつもこんな婆の様子を見にきてくださって、本当にありがとうございます、エリー様」

「ううん、いいのおばあたん。エリーもとても楽しのです」

ん……？　もしかしてエリーは時々ここへ遊びに来ているのか……？

首を傾げる俺を見たお婆さんは、優しい笑顔のまま俺に教えてくれた。

「もしやレイン様はご存じありませんでしたか？　エリー様は村で暮らす我々のような年寄りを気遣ってくださり、時々シロちゃんと一緒にこうして様子を見に来てくださっているのですよ？」

な、何ですとぉ!?　そりゃ初耳中の初耳だ！

時々シロとどっかに出かけてるな～とは思っていたが、ま、まさかお年寄りの様子を見に行ってくれていたとは。

「そうだったんですか、申し訳ありません。僕としたことが、まったく妹の行動を把握できていませんでした。妹が皆様のご迷惑になっていなければよいのですが……」

……と、口では言いながらも、俺はすぐにでも優しいエリーの頭をよしよしと撫でてあげたい衝動を必死に抑える。

（まさか誰に言われるでもなく自らお年寄り宅を訪問し、声かけを行ってくれていたとは……）

やっぱりエリーはすごいな！　優しいな‼

さすがは俺の自慢の妹！　エリザベートは世界一ぃぃ‼

「いえいえ、レイン様。迷惑どころか、皆エリー様やシロちゃんが来てくれるのをそれはそれは楽しみに待っているのですよ。そのお優しい心や愛らしい姿は、まるで天使のようだと評判なのです」

えらい！　コンスタンツさんはようわかってらっしゃいますな‼

だが天使のようだではなく、マジで天使なんです！

「そうですか。そう思っていただけるなら、こちらとしても大変嬉しく思います。本日もエリーがどうしてもコンスタンツさんの家に行くと言って聞かなくて……。エリーが言うには、今日がどなたかの命日だったとか……。お恥ずかしい話ですが、僕は今日がそのように大切な日だとは露知らず、妹とともに訪問させていただいた次第なのです」

俺がそう伝えた直後、お婆さんは目を丸くして驚きの表情を浮かべる。

しかしすぐにお婆さんは、元の優しい表情へと戻った。

「そうですか……、そうだったんですか。やはりエリー様はお優しい方ですね。こんな年寄りの些末な事情にまで、そのお心を砕いてくださっていたなんて……。ああ、そしてまさかあの人のことを偲んでいただけようとは、まるで夢のようです……」

お婆さんは持っていたハンカチで目頭を押さえ、涙を拭いた。

エリーはトタトタお婆さんの所へ駆け寄ると、優しく頭を撫で始める。

「いい子いい子です、おばあたん。元気を出してくだたい、笑っていてくだたい。ハロルドたんも、きっとそう言ってくれると、エリーは思うのです」

「……！　うぅ、エリー様……！　ありがとうございます……、ありがとうございます……。ええ、ええ、そうですね……。優しかったあの人は、きっとそう言うでしょうとも……」

エリーの慈愛に満ちた所作と優しい表情に、お婆さんは丸い背中を一層丸くし、嗚咽を漏らした。

（それにしてもハロルドさんとは……？　口振りから察するに、もしや亡くなった旦那さんの名前か……？）

いや……、それマジですごいなエリー。

俺も知らない領内の事情をそこまでつぶさに把握しているとは。

マッチョ父に爪の垢でも煎じて二十回ぐらい飲ませたいぜ。

「おばあたん、おにたま。実はエリー、お紅茶を持ってきたの。おにたまから貰ったとても心がホッとするお紅茶なの。みんなで飲みましょう。えへへ」

エリーはにこにこしながらそう言うと、肩から提げていた愛らしいポーチからお茶っ葉を取り出した。

（お？　これはエルフ村で貰ったやつだな。なんとまぁ用意のいいこと……）

「あら、エリー様？　もしやそれは大変貴重なものではございませんか？　……こんな婆が飲むには、些か以上にもったいのうございますよ」

　まだ目が少し赤いが、落ち着きを取り戻したお婆さんはエルフ産茶葉をそっとポーチに戻そうとした。

　そこで俺は首を左右に振りながら言う。

「問題ありませんよ、この茶葉はさる所から試供品として無償で提供を受けたものです。コンスタンツさん、今日はぜひエリーの気持ちを汲んで、ともに紅茶の香りを楽しんではいただけないでしょうか？」

　お婆さんは少し戸惑った様子ではあったものの、エリーの気持ちを理解してくれたのだろう、優しく頷くと快く了承してくれた。

「……わかりました、ではせっかくなのでご馳走になりましょうかね。エリー様、重ね重ねのお気遣いありがとうございます」

　お婆さんはエリーが持参した茶葉を使い、とてもおいしい紅茶を淹れてくれた。

　そしてそれからしばらくの間、エリーと俺はお婆さんとともに、他愛のない話などをしながらとても楽しい時間を過ごした。

　俺自身も、こんなにゆっくりとした時間は久し振りだった……。

「ではエリー、そろそろお暇しようか。あまり長居してもご迷惑になるからね」

俺はエリーの頭にぽんっと手を乗せると、帰宅を促した。

外はいつの間にか日が傾き始め、風も少しだけ冷たくなってきている。

「わかりました、おにたま。おばあたん、また来ますね」

エリーは来た時と同じく、スカートの裾をチョンと両手でつまむと丁寧にお辞儀する。

「いえいえ、今日は楽しい時間を過ごさせていただき、本当にありがとうございました。素晴らしい紅茶まで頂いてしまって……。きっとあの人も……、ハロルドも喜んでくれておりますよ」

お婆さんは扉の前まで来て俺たちを見送ってくれていた。

俺はエリーを先にシロに乗せると、お婆さんにお別れの挨拶をする。

「こちらこそ、本日はありがとうございました。そして申し訳ありませんでした、突然無理に押し掛けてしまって……。コンスタンツさんにとってはとても大切な日だったでしょうに……」

申し訳なさそうな顔の俺を見て、お婆さんはゆっくりと首を左右に振りながら優しく微笑んでくれた。

「いいえ、レイン様。あの人が亡くなってもう随分経ちますが、今日ほど温かい気持ちで過ごせた命日はありませんでした。これも一重に、優しいエリー様や賢いレイン様のお陰ですとも。本当にありがとうございました」

お婆さんは再び深々と丁寧に頭を下げた。

「そう言っていただけるとこちらも救われます。それでは失礼いたします」

そう言って俺がエリーとシロの下へ戻ろうとした時だった。

「……あの、レイン様……。少しだけよろしいでしょうか……？」

そんな俺に、お婆さんはもう一度声を掛けてきた。

言おうか……、言うまいか……、お婆さんの表情からは、そんな類の少し戸惑ったような様子が見て取れる。

（どうしたんだろう？　あぁ、もしややっぱりアポなし訪問に対する苦情かな……？）

漠然とそんなことを考えていた俺だったが、この後、お婆さんの口から聞かされた意外な事実に目を丸くすることになる。

「呼び止めてしまい申し訳ありません、レイン様。……一つだけ不思議なことがありまして……」

ほっ……。どうやら苦情の申し立てではなかったらしい。

俺はお婆さんに問いかける。

「と、申されますと……？」

「はい……。エリー様はなぜ今日が亡き夫ハロルドの命日であることや、そもそもハロルドという名前をご存じだったのでしょうか……」

頬に手の平をあて、お婆さんは首を傾げて不思議そうに考え込んでいた。

「……どういう意味でしょうか？　それはおそらく父や母から聞かされたのではないかと思いますが？」

ん……？　コンスタンツさんは何を言ってるんだ？

最近お葬式があったんじゃなかったのか？

「そうですか……。しかしそれなら、なおさら不思議です……。夫が亡くなった時、私はここには住んでいませんでしたから……」

（んん……？　住んでなかった？　どうもお婆さんと話が噛み合わんな……）

「……村の中でお引越しをされたということですか？」

俺は片眉を上げ、首を傾げる。

だがここで、俺はお婆さんから極めつけの言葉を聞くことになる。

「いえ……、夫ハロルドがこの世を去ったのは、今から五十年以上も前のことだったものですから……」

（なっ……）

「そしてその折、私と亡き夫は、今のグレゴリウス帝国の前身であるグレゴリウス皇国の皇都に住んでおりまして……。ですので領主様が亡き夫のことを知り得るはずはないのですが……。長く生きておれば不思議なこともあるものだな……と」

（なんだって――!?）

俺はシロに跨るエリーへ目を向けた。

だがエリーはいつもと変わらない優しい笑顔で、シロの頭や体を何度も優しく撫でていた。

エリーと俺はシロに乗り、夕暮れの帰り路を歩いていた。

俺の前に座るエリーは眠くなったのか、時々カクン、カクンと頭を揺らしていた。

「なあエリー……、一つ教えてほしいんだけど……」

「ん……、なぁに、おにたま？」

眠そうに目を擦りながら、エリーは俺の方に振り向いた。

「エリーはどうして今日がお婆さんの大切な日だってことや、亡くなったハロルドさんのお名前を知っていたんだい？　父上や母上に聞いたのかな？」

「ううん……、小さな子たちが……、教えてくれるの……」

小さくそう答えてくれるエリーだが、既に言葉が途切れ途切れになってきており、いよいよ眠そうに見える。

「へえ、そうなのか。ところで小さな子たちとは誰のことなの？」

「うん……、とても小さな子たちなの……。エリーの大切な……、大切……、お友達……な……」

スー……、スー……。

ついに耐えきれなくなったのだろう。

エリーは後ろに座る俺に寄り掛かると、そのまま小さな寝息を立てて眠ってしまった。

（無理もないか……。エリーはエリーで、とても気を遣っていたんだろうしな）

「しかし、小さなお友達とは一体誰のことなんだろう……」

俺は胸の上に頭を預けて目を閉じるエリーを見た。

ふわっふわの金色の巻き毛を少し風に揺らしながら、我が妹は気持ちよさそうに眠っている。

シロもそれがわかっているのか、できるだけエリーを揺らさないようにとゆっくりと歩いてくれている。

「……ははは。うちの家族は、みんな優しいな」

……まあいいか、深く考えても仕方がないしな。

エリーの活動を領内のお年寄りたちも喜んでくださっているということだし、コンスタンツさんに関しても、ご近所の方々の噂話をエリーが無意識に聞いていたという可能性も十分にある。

(……小さなお友達、というエリーの言葉。それが少し気にはなるけどなぁ)

ふわりと頬を揺する優しい風が吹く。

俺は大切なエリーの頭を撫でながら、ゆっくりと家路を辿るのだった。

※※※

……過ぎ去っていくレインたちの少し後ろ、そこに小さく優しい光がふわふわと揺蕩う。

もちろん、神秘的とも言えるその光は誰にも見えない。

――ただ一人、エリザベート・プラウドロードを除いては。

「クスクス……。今日もエリザベートは優しかったね」

「そうねそうね……。エリザベートは優しかった」

「クスクス……。今日はレインフォードも一緒だったね」

「そうねそうね……。レインフォードも一緒だった」

「クスクス……。これからもかわいいエリザベートを助けてあげないとね」

「そうねそうね……。これからもかわいいエリザベートを助けてあげましょう」

クルクルと回りながら楽しそうに踊る二つの小さな光は、だんだんと見えなくなっていく。

小さな女の子のように弾む二つの声は、いつしか風のささやきへと溶けていくのだった。

Mノベルス

発行・株式会社　双葉社

本書に対するご意見、ご感想をお寄せください。

あて先

〒162-8540 東京都新宿区東五軒町3-28
双葉社　モンスター文庫編集部
「比古 新先生」係／「ゆーにっと先生」係
もしくは monster@futabasha.co.jp まで

Mノベルス

「ある程度《ていど》（？）の魔法《まほう》の才能《さいのう》」で今度《こんど》こそ異世界《いせかい》でスローライフをおくります②

2023年5月1日　第1刷発行

著　者　比古《ぴこ》 新《あらた》

発行者　島野浩二

発行所　株式会社双葉社

〒162-8540　東京都新宿区東五軒町3番28号

［電話］03-5261-4818（営業）　03-5261-4851（編集）

http://www.futabasha.co.jp/（双葉社の書籍・コミック・ムックが買えます）

印刷・製本所　三晃印刷株式会社

［電話］03-5261-4822（製作部）

ISBN 978-4-575-24625-4 C0093　